Till mina nära och kära.

Magnus Wir

Minnen

Förlag: BoD – Books on Demand, Stockholm, Sverige
Tryck: BoD – Books on Demand, Norderstedt, Tyskland
ISBN: 978-91-7969-171-4

Innehåll

1 De första åren s 9

2 Kluvna rötter s 19

3 En helt annan tid s 29

4 Brytningstiden s 43

5 Popbandstiden börjar s 61

6 En ung man s 91

7 Orkesterlivet s 117

8 England s 143

9 Norge s 165

10 Kontinenten s 175

11 Återanpassningen s 189

12 Blues, revival och AW s 209

13 Tillvaron ändras s 219

14 Epilog s 229

15 Diskografi s 235

Samma Nu Som Då

(Text och musik: Magnus Wir=S-M Wirbladh)

1. Jag har sett årstider komma, och sett årstider gå,
jag har blivit en äldre man, som minns, hur det var då.
Men när jag ser tillbaka, är det lätt att förstå:
Att det som betyder nåt, är samma nu som då.

2. Jag har sett de unga komma
jag har sett många gamla gå.
Jag har varit en arg ung man,
som minns, hur det var då.
Men när jag ser, tillbaka, på minnen, som består,
Ja det som betyder nåt, är samma nu som då.

3. Jag har sett tider komma, å sett tider gå,
mycket har förändrats,
jag undrar, var det bättre då?
Nu när jag ser, tillbaka, och försöker att förstå:
men det som betyder nåt, är samma, nu som då.

4. Jag har sett presidenter komma, och sett regimer gå.
Jag har sett murar falla, och murar bestå.
Vi kan ej få tillbaka, tider som var då,
men det som betyder nåt, är samma, nu som då.
Ja det som betyder nåt, är samma, nu som då.

Från albumet 5

KAPITEL 1

De första åren

Han kom som ett vårväder en aprilnatt, och hade bråttom ut till världen, den lille parveln, till en värld där han kanske hade varit förr, vem vet? Det hela tilldrog sig i den gamla Hansastaden Kalmar på småtimmarna, eller vargtimmen, den tjugotredje april anno 1947. Där i stadens BB var hans mamma så stolt över den lille flintskallige sonen med den gyllene hyn, som var den absolut finaste och som inte såg ut som alla de andra rödmosiga skrynkliga ungarna. Hm, ja nu är det ju så att alla föräldrar är synnerligen subjektiva när det gäller deras egen avkomma, och i det här fallet handlade det om en liten kille som kom ut något för tidigt och som hade gulsot....

Efter min första taxiresa togs jag emot av pappa och mina systrar Birgitta och Margareta vid lärarbostaden i Hornsö, i det leende småländska landskapet där Alsterån rinner, då ångtågen stannade vid Värlebo station och fotbollen rullade in mellan målstolparna i Blomstermåla. Det där tilldrog sig vid den tiden, då de flesta lät döpa sina barn, och då konfirmationen var en viktig milstolpe in i vuxenlivet. Jag döptes av kyrkoherde Alf Hansson i Långemåla kyrka till Sven-Magnus Eskil

Wirbladh, Eskil efter pappa och tilltalsnamnet Sven-Magnus efter en äldre släkting. Magnus Wir är mitt alias, en förkortning av mitt långa namn.

Den totala avsaknaden av frisyr som jag gjorde entré med i Kalmar, utvecklades senare under resans gång i olika hårresande faser, och jag minns speciellt ett besök hos mormor i Uppsala någon gång under 1960-talet när hon, som var min levande länk in i 1800-talet, konstaterade något bryskt att "han ser ut som en jazzgosse".

Från de tidigaste åren kan man ha vissa minnesfragment, utöver minnen i det undermedvetna, och så kan man ha minnen som berättats ofta och därför kanske blivit till egna minnen. En gång när jag gick med min mamma från affären förbi ett hus, där de hade höns som gick och pickade, hade jag stannat till och förundrat ställt frågan: "Varför går hönan barfota, utan varken skor eller pumpor?". Där i Hornsö bodde jag till juni 1950, när jag var tre år. Jag har faktiskt även en minnesbild av en sandhög med rödbrun sand, och jag tror mig minnas en så'n där gammal väggtelefon i trä. Flytten till Uppland var ju en stor händelse, så den arkiverades i minnet. Tågresan minns jag inte, däremot att det anlände en lastbil med tygkapell, och en av flyttkarlarna skojade med mig där han satt bakochfram på en av våra bruna pinnstolar i köket. Detta var alltså i nådens år 1950, då vår kung kallades Gustav V, eller V-Gustav i folkmun, den långe tennisspelande personen, som var vår kung under tiden för vår världsdels mörkaste historia. Jag minns när vi fick nya enkronor med nya kungen på, då vi gick in i en ljus epok med framtidstro, då ingenting var omöjligt.

Pappa

Min far Eskil, som var folkskollärare och född 1903 på Kärnebo gård i Fliseryds socken, Kalmar län, och alltså smålänning, flyttade till min mammas landskap Uppland. Hon föddes 1906 i Kårsta prästgård i Roslagen, Stockholms län. Pappa brukade kalla henne Roslagens rödaste ros. Ja som jag har uppfattat det hela föddes de hemma. Det var antagligen vanligt att barnmorskorna cyklade runt och förlöste hemma hos folk på den tiden.

Min far växte alltså upp på Kärnebo, en stor herrgårdsliknande gård, tillsammans med sju syskon, fem bröder och två systrar. Min yngste farbror hette Knut, och han fick heta så enligt mina humoristiska kära släktingar, därför att det var dags att slå knut.... Ja det var mycket humor och jag glömmer aldrig släktkalasen i Småland när jag var liten, underbara minnen. Pappa och farbror Sigvard, eller farbror Sivve som vi sa, dessa storsångare ville inte fortsätta inom jordbruk utan pluggade till folkskollärare bägge två , och min käre farbror Sivve blev även kantor. Enligt den tidens anda var det äldste sonen som tog över gården, så min käre farbror Zakeus, eller farbror Zacke som vi sa, bodde där med sin familj när jag var liten och på besök i Kärnebo.

Jag minns att pappa sa, att man måste göra sin plikt och inte ligga samhället till last, och att han tyckte sossarna slösade. Jag glömmer aldrig när han sjöng sånger ur Jussi Björlings repertoar, med sin likartade fina fantastiska stämma. Han var inkallad för att försvara landet under 40-talet, och mamma och pappa berättade om de kalla krigsvintrarna. Mamma var ensam där i mörkaste Småland med min syster Birgitta, och Margareta blev till när pappa var hemma på permis hos sin älskade Astrid, min mamma. Han kom alltså från storbondesläkt i Småland, där de alla var medlemmar i Högerpartiet. Mamma, som kom från en ännu mer borgerlig miljö, vacklade dock i den övertygelsen, men hon röstade som sin man, för så gjorde man då. Minns att han inte gillade tyskar, men mamma tyckte synd om de som fick sina hem sönderbombade. Jag förstod inte hur det kunde vara synd om dem, samtidigt som jag fick veta att de var elaka. Pappa berättade om Unter den Linden i Berlin, som han besökt under en resa till Tyskland, innan helvetet bröt lös.

Vi kanske inte hade samma uppfattning i allt, jag och min far, men jag respekterar absolut hans ståndpunkter, därför att han var och är min pappa, och därför att jag som demokrat inser, att inte alla tycker likadant, och vi måste få tycka olika. Livet har fört mig åt vänster: Den starka staten och fördelningspolitiken, alltså solidariteten med de svaga, men dessvärre har det blivit så, att det finns så mycket som skymmer det som tilltalar mig där? Men ett samhälle med stora klyftor mellan fattiga och rika, kan aldrig bli ett bra samhälle för någon.

En av mina sånger på första soloplattan heter *"Gapet Ökar"*, där jag även reagerade på de nyliberala tankegångarna, som började florera då när seklet 2000 var ungt.

Pappa hade många "kursare" i Tierpstrakten, och vi hade inte så långt till mormor i Uppsala, dit man långt innan det moderna pendeltåget Upptåget ju kunde åka med "mjölktåget" från Gåvastbo station, avvinkad av den trevlige stinsen Agne Ronnerfors. I lilla byn Gåvastbo fanns under 50-talet utöver skola, järnvägsstation och affär, även en banvaktare. Han hette Boström och bodde i sin tjänstestuga alldeles intill spåren, och han var en man som hade stenkoll på banan. Jodå, en del var nog bättre förr.

Mamma

Mormor bodde i Uppsala på Sysslomansgatan 35 i stadsdelen Luthagen. Det är en K-märkt byggnad i putsad tegelfasad och gröna fönsterluckor. Huset ser alltså fortfarande likadant ut när jag skriver detta. På den tiden var det ett prästänkehem som kallades Frideborg. Min morfar dog 49 år gammal midsommardagen 1924. Han var ledig och skulle åka ut på en liten utflykt med häst och vagn med sin kära hustru. Det började regna, och mormor fällde då upp ett paraply. Dessvärre blev hästen skrämd av detta och började skena, varvid olyckan var ett faktum. Detta inträffade i Hökhuvud, som ligger mellan Gimo och Östhammar, där min morfar då var kyrkoherde. Min morfar Arvid Lagerstedt kom från Nåntuna, Uppsala, och utbildade sig alltså till präst. Precis när 1900-talet började, blev han som nyexaminerad präst antagen som hjälppräst hos en äldre erfaren kyrkoherde. Denne, som vad jag har förstått var en karismatisk man, hette Axel Wallin. Nu var det så att han hade en vacker dotter som hette Anna. Amors pilar började gå varma i Frötuna prästgård i Roslagen, och romansen var ett faktum, något jag är evigt tacksam för.

Jag har många minnen från prästänkehemmet Frideborg med de gröna fönsterluckorna. Här bodde alltså mormor på gamla dar. Det här var ju långt innan förtätningen av staden, och jag minns att jag sprang omkring där i den stora trädgården och plockade gråpäron som jag mumsade på. Luktminnet är ju fantastiskt, så när jag tänker tillbaks på mormor och hennes lägenhet, känner jag även doften från det på gasspisen nybryggda teet. Jag tror det var min kära moster Greta som introducerade denna dryck, kanske inspirerad av sin engelske make, morbror Albert. Nu var det så att bakom hörnet in på Geijersgatan, som korsade Sysslomansgatan, fanns på den tiden en för en ung man mycket intressant affär. I denna butik, som hette Troja, sålde man leksaker, så där hängde jag ofta och kollade. Ett annat minne från den här tiden var när de tog bort spårvagnsspåren ur mormors gata.

Minns när det var ett stort reportage om mormor i Upsala Nya Tidning en gång på sextiotalet. Anledningen var att hon då var Uppsalas äldsta invånare. Jag tror hon blev 96 år....

Min syster Birgitta, tio år äldre än jag, bodde hos mormor när hon pluggade på Uppsala Högre Allmänna Läroverk, som jag tror både tidigare och senare hette Katedralskolan. 1957 firade vi hennes vita mössa. I den skolan gick även min morfar, min morbror Sven och min dotter Bettina. På den gamla tiden var läroverken uppdelade mellan könen. Min mamma gick därför i skolan snett över Skolgatan, som var flickskolan Magdeburg.

Jag har också speciella minnen från en dag i slutet av september 1961, när pappa och jag gick till domkyrkan och blev en del av den folkmassa, som tog farväl av Dag Hammarskjöld, som vuxit upp i staden, och som vuxen fick plikta med sitt liv efter att ha blivit ett hot genom sin makt som generalsekreterare i FN. Minns kungens Rolls-Royce med bilden av en krona på nummer-plåten.

I Uppsala bodde även mammas äldste bror Georg och hans härliga fru Lilly och deras son, min kusin Gunnar. De flyttade senare från Floragatan ut till Nåntuna, till släktgården som senare blev K-märkt, där min morfar hade växt upp. Då sa man Nåntuna utanför Uppsala, men nu räknas det som en stadsdel. Därifrån har jag flera minnen av släktmiddagar. De hade alltid en tax, och en gång blev morbror Georg lite väl ivrig och hårdhänt när han busade med sin hund, så han, min morbror alltså, fick åka in till sjukhuset och sy efter den något alltför yviga kärleksförklaringen som taxen visade sin husse. Jo han fick sig en riktig kyss. Georg var mammas storebror, och storasyster hette Greta och lillebror hette Sven.

Mammas lyckligaste tid under uppväxten var när de bodde i Söderhamn, där pappan var komminister. Sedan fick han tjänst som kyrkoherde i Hökhuvud i Uppland, men där trivdes aldrig mamma. Men barnen tillbringade inte så mycket tid där, eftersom de blev inackorderade i Uppsala för att plugga. När mamma hade gått ut flickskolan, så visste hon inte alls vad hon skulle bli. Hennes absolut bästa kompis Agda och hon sökte då in på barnskötarutbildning. Mamma fick jobb hos den blinde professor Almgren i Kåbo, det gamla fina villakvarteret i Uppsala. Där tog hon hand om lilla Gerd, som senare innan hon blev författare kom att bli en av de första TV-hallåorna i Sverige. Familjen Almgren hade även en sommarbostad i Glömminge på Öland, där senare i framtiden min syster Birgitta hamnade med sin man Arne och deras dotter Jenny. Jag har fina sommarminnen därifrån badstranden när våra tvillingar var små, och jag älskar Öland. Glömmer aldrig när min storasyster tog med mig på utflykt på Öland när jag var liten grabb.

Vad hände då med mammas bästis Agda? Jo hon fick jobb som barnskötare åt en prästson som de kallade lilla Putte. Han var nog lite busig, men Agda hade god hand med honom, och hon förblev vän med hela familjen livet igenom. Den här "Putte" hette egentligen Ingemar, och han ägnade sedan sitt yrkesliv åt teater och film, och det gick rätt bra. Jag minns Agda mycket väl, träffade henne flera gånger. Hur som helst, dessa unga tjejer ville ju gå vidare i livet, och sökte sedan in till småskollärarinneseminariet. Antar att det var könssegregerat där också, eller så sökte sig enbart kvinnliga studenter till den utbildningen. Folkskollärareseminariet låg i alla fall bredvid, och jag tror det enbart var killar som gick där. Men, min moster Greta pluggade till folkskollärare, men hon gick inte där.... Hur det än var med den saken, så hade man ibland gemensamma baler och fester, och det tycker jag var bra, för annars hade inte jag funnits. Mamma var uppvaktad från många håll har jag förstått, men pappa var antagligen mest ihärdig. De skiljdes dock bara som vänner, när de var klara med utbildningen. Mamma fick tjänst i Sandarne utanför sitt älskade Söderhamn, och pappa fick tjänst i Barnebo i sitt älskade Småland. Slumpen eller ödet, men det hände sig nämligen så, att vid något tillfälle korsades deras vägar helt plötsligt. På Stockholms centralstation möttes de, mamma tillsammans med sin syster Greta, och pappa tillsammans med sin bror Sigvard. Där och då bestämde de sig, alltså mina blivande föräldrar, att de skulle hålla kontakten. Detta resulterade senare i vigsel i Helga Trefaldighets kyrka i Uppsala, och bröllopsmiddag på legendariska restaurang Flustret. Så jag är en produkt av Uppsala. De flyttade ihop först i Barnebo, och därefter flyttade de till den helt nybyggda skolan i Hornsö.

Där i Barnebo var det ganska glesbefolkat, men de kom att bli vänner för livet med Rut och Martin Persson, som drev jordbruk nästgårds. Måste ha varit en trygghet under kriget, när mamma blev ensam där med först ett, senare två små barn. De hade även en hushållsgris under kriget, som blev stor och fet.

Man väljer inte sina föräldrar, men jag hade tur.
Tack för all kärlek och support.

KAPITEL 2

Kluvna rötter

Småland

Minns en sommarförmiddag när solen log med sitt finaste 50-talsskimmer, och sände ner sina varma strålar mellan tallkronorna till oss vid stugan på Oknö. Faster Rut och farbror Nisse skulle hämta oss för vidare färd in till Kalmar på barndop, och den resan såg jag inte alls fram emot, med tanke på alla de gånger jag mått illa i deras trånga grå engelska lilla bil, kan ha varit en Austin A30 eller liknande. När vi hade gjort oss redo för att åka in till stan, glider det in en amerikansk skönhet i blålackad plåt, som med sitt vänliga dollargrin inbjuder till uppsittning. I denna då helt nyinköpta Chevrolet fick jag åka flera gånger, när jag som tioåring bodde två veckor hos pappas syster Rut och hennes Nisse på deras herrgård Ramshult. Mamma och pappa hade lämnat mig i trygg förvaring där, medan de tillsammans med goda vännerna Carl och Greta Schollin från Tierp åkte på semester till Paris. Jag stortrivdes på Ramshult, och minns ännu den lilla kalven av den engelska rasen Jersey, som såg ut som ett rådjur. Så minns jag ju när jag fick åka med min älskade farbror Nisse i hans Cheva, när han gjorde olika ärenden, bland annat när han levererade ägg till Bröderna Nelsons Konditori i Mönsterås. Där i själva cafédelen hade de en grön papegoja som naturligtvis tilldrog sig min uppmärksamhet. Mönsterås är en gammal köping med böljegång både i de stenbelagda gatorna, och vid hamnens öppning mot Mönsteråsviken och Kalmar sund. Minns ju när jag cyklade ner till hamnen i Mönsterås, och såg de svarta skutorna som låg där vid kaj. Det lilla snälla Sverige i Europas periferi.

Denna gamla ort fick nog också problem med anpassningen till den nya tiden, innan man kunde använda å, ä och ö som adress till kommunens hemsida på internet, så det blev väl monsteras :)

Långt innan jag hemföll åt musikmissbruk åt det populärmusikaliska hållet, åkte jag tillsammans med farbror Nisse och faster Rut till Hultsfred för att hälsa på min äldsta kusin Gunvor, som för övrigt var Sveriges första kvinnliga rallyförare om jag inte minns fel. Ja denna köping, Hultsfred alltså, blev förknippad med musikfestivaler under slutet av 1900-talet/början av 2000-talet, då de var störst i Sverige på detta. Virserum i den kommunen är upphovet till mitt efternamn.

Vändpunkten i Slakmöre

En regnig sommardag 1958 eller om det var 1959, blir lite osäker faktiskt, men då minns jag att vi var bjudna till familjen Stensjö, som hade sommarhus i Slakmöre Strand invid Kalmar sund mellan Mönsterås och Kalmar. Stensjös var släkt med oss, något som Stensjö själv hade upptäckt genom sin släktforskning, där det framkommit att vi hade rötter i Stensjö by utanför Oskarshamn. Nåväl, deras son som begåvats med det vackra namnet Magnus i förnamn, var även han med vid stugan där familjen kopplade av från deras vardag i huvudstaden. Denne avlägsne släkting hade nött jordskorpan något längre än vad jag hade, och dessutom av myndigheterna betrotts med licens att framföra motorfordon på allmän väg. I stället för att hänga på altanen med de vuxna, drog vi iväg med pappa Stensjös blå Volvo. I detta för samtiden så populära fartvidunder, lät min namne den regntunga småländska skärgårdsnaturen passera revy. Vindrutan bearbetades oförtrutet för att hålla undan det ihärdiga regnet, genom det monotona ackompanjemanget från de ineffektiva spretiga vindrutetorkarbladen. Då händer det! Han slår igång bilradion, och fram till mina unga öron når de mest omvälvande ljudkaskader, som sänker mig totalt. Där och då var det en avgörande vändpunkt i mitt liv, "a point of no return" som det heter enligt dramaturgin. Men vad är detta undrade jag, som var van vid att höra Sven Jerring, Lennart Hyland och Margareta Kjellberg på radion. Jodå, jag hade varit med om en del märkliga upplevelser vid radioapparaten även tidigare, men detta var något helt nytt. Det är Radio Luxemburg, sa han.

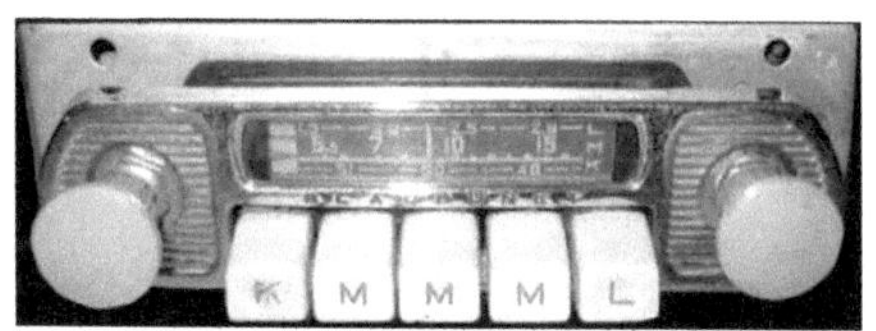

Bröderna Cartwright i Småland

På förslag av min kära faster Rut, så blev sommarparadiset Oknö utanför Mönsterås köping, vår fasta punkt från sommaren 1953, efter att vi under ett par år åkt runt bland pappas syskon, under våra årliga sommarvistelser i ekarnas och stenmurarnas förlovade land. Om en mycket speciell upplevelse jag hade på Oknö en gång, har jag skrivit i en sång som heter just Oknö.

Jag har starka och ljusa minnen från mina mycket unga år i denna del av landet. Från sommartorp till herrgårdsmiljöer minns jag de fantastiska släktkalasen, där vi kusiner och kusinbarn lekte i en bekymmersfri och lycklig gemenskap i ett sommarleende Småland, som lånat direkt från någon barnboksmiljö, dock ej från Pettson och Findus som ju har sina rötter i Tierpstrakten där jag ju tillbringade min övriga tid under året.

Glömmer aldrig mina fastrars genuint småländska kokkonst med mumsiga kroppkakor och inte minst deras desserter med hemgjord knallgul ostkaka! Så minns jag speciellt farbror Anders, som inte var min farbror men som hade två bröder gifta med varsin av min pappas systrar. Vi barn gillade denne glade man när han till sitt dragspel bl.a. sjöng om Johan På Snippen. Fast egentligen var han nog inte så glad utan någon stärkande dryck. Han hade bott i Amerika, men med ett kraschat äktenskap over there återkommit till sina hemtrakter. Vi barn älskade honom när han sjöng och busade med oss på släktkalasen.

Ja det var sommaren 1954 som farbror Anders bror Nisse kom med sin splitternya blå Chevrolet, för att skjutsa oss till min kusin Carolines dop i Kalmar domkyrka.

Jag fick ju senare åka många gånger med min helt fantastiske farbror i hans stora fina bil. Min 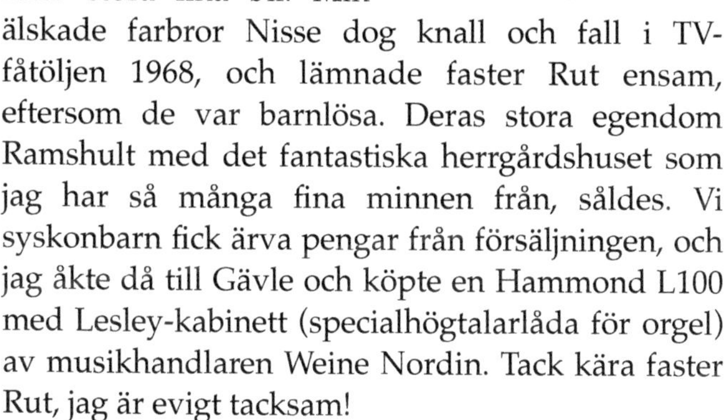 älskade farbror Nisse dog knall och fall i TV-fåtöljen 1968, och lämnade faster Rut ensam, eftersom de var barnlösa. Deras stora egendom Ramshult med det fantastiska herrgårdshuset som jag har så många fina minnen från, såldes. Vi syskonbarn fick ärva pengar från försäljningen, och jag åkte då till Gävle och köpte en Hammond L100 med Lesley-kabinett (specialhögtalarlåda för orgel) av musikhandlaren Weine Nordin. Tack kära faster Rut, jag är evigt tacksam!

Min far var alltså född 1903 i Fliseryds socken och uppvuxen på Kärnebo gård tillsammans med sju syskon. Vid något eller kanske ett par tillfällen sov jag över där, under någon vecka eller så, antagligen för att mina kära föräldrar behövde få vara för sig själva någon gång under sommaren.

Minns med mycket stor värme pappas äldste bror Zackeus, eller farbror Zacke som han kallades, och faster Anna och deras tre söner, mina stora snälla kusiner, som jag ju såg upp till! Deras bägge systrar hade flyttat hemifrån vid den här tiden. Minns även de anställda på gården, ekonomibyggnaderna, fälten och den lilla dammen där man kunde bada. Minns att min kusin Ingemar fick en fästing på sig vid ett dopp där.

Jag tyckte det var häftigt med trummorna på övervåningen i stora huset, där dragspelande Ingemar hade sin replokal för sitt gäng.

Jag glömmer heller aldrig hallen vid stora entrén, i mörk nobel inredning med den stora radiogrammofonen! Där frossade jag i musik med inspelningar av Paul Anka och Bill Haley m.fl.! Och så var det ju den amerikanska bilen, en ljusblå Studebaker Champion "Bullet Nose" Sedan! Kusin Stephan skjutsade mig i denna härliga skapelse, som förstärkte den amerikanska inramningen. Frågan är om det kanske var Småland som hade färgat Amerika och inte tvärt om, bilen kan ju ha varit designad av utvandrade smålänningar? Minns att farbror Zacke sa att han gillade Louis Armstrong, och så var det ju bara så, att kusin Håkan liknade Elvis! Hm, ja och så var det nog lite av Frank Sinatra över farbror Zacke.

Dessa transatlantiska intryck resulterade i att jag såg likheter mellan Kärnebo och Bonanza, mina kusiner var ju en småländsk variant av Bröderna Cartwright, eller kanske vice versa? Jag minns även faster Annas goda skorpor, eller om det var någon form av kakor?

Kärnebo gård

Uppland

Jag föddes två år efter det andra världskriget, och vi flyttade till Uppland 1950, mammas landskap. Jag var "skollärarns grabben" i byn där vi bodde först, och 50-talet känns nu som en lång varm solskenssaga, med framtidstro i ankdammen långt från den stora vida världen, och från 1953 var ju alla elakingarna borta, Lenin, Stalin och Hitler, ja så tänkte jag i min lilla pojkvärld, men ändå levde vi alla i atombombens skugga.

Den tjugotredje april 1951 fyllde jag fyra år. Vi hade pinnsoffan i köket vänd med ryggen mot väggen med fönstret. Jag stod på knä i soffan där, och

tittade ut genom fönstret på min fyraårsdag. Då kommer det fyra älgar och passerar revy i fonden på den bortre sidan av skolans fotbollsplan. Otroligt men helt sant. Jag lämnar här en öppen fråga: Vad tror du jag gjorde när jag fyllde fem?

Ja från 1950 till 1958 bodde vi i den gamla byskolan, Askfalls skola, i Gåvastbo mellan Tierp och Tobo i norra Uppland. Vi bodde i lärarbostaden en trappa upp ovanför skollokalerna. Bredvid vår lägenhet fanns även en vaktmästarbostad, där Simon som var vaktmästare, och hans Edit som lagade skolmaten bodde. Min syster Margareta tog hem en kattunge, en svartvit sötnos som fick heta Tuss. Det var innan jag blev allergisk mot den typen av social närvaro. Minns speciellt två incidenter i samband med denna kattnärvaro: Jag brukade hänga min fina skolväska på ena sidan av pinnsoffan i köket, men en gång av någon outgrundlig anledning hade katten pinkat i min fina portfölj, trots att den var av fin klassisk bandymodell. Vi anlitade aldrig någon kattpsykolog, men jag antar att den var i liknande sinnesstämning, som de som kom att ligga bakom senare tiders bilbränningar, alltså någon form av frustrationsutlöst uppmärksamhetsbehov. Detta hände en gång, kanske bara att katten ville testa gränserna?

En annan gång, när jag var ensam hemma, skulle jag värma mjölk i en kastrull, ja jag tror det var för att fjäska för kisse. Jag hällde upp en skvätt mjölk i aluminiumkastrullen och drog på den tröga plattan på elspisen. Jo då, jag gick ut och naturligtvis glömde jag det hela, till dess det luktade brandrök lång väg, och jag vill minnas att Edit kom utspringande i trapphuset alldeles förskräckt. Jag rusade upp och kunde genom röken ändå konstatera, att kastrullens botten ändrat färg till en mycket mörk svart nyans, och mjölkskvätten lyste med sin frånvaro. Ibland måste man lära sig den hårda vägen....

Hur som helst, vi hade inte så långt till mjölkbutiken, som egentligen var själva fabriken där den producerades. Vi köpte dessa ädla droppar från bondgården, som låg ganska nära där vi bodde. Det avståndet var dock mer än tillräckligt, när jag gick dit för att hämta mjölk under mörka höstkvällar. Tur att locket på vår mjökkruka var av en skvättsäker konstruktion, då jag ständigt förbättrade mitt personbästa när jag transporterade den vita drycken på den smala remsan mellan diket och leråkern, ackompanjerad av höstvinden i trädkronorna i den mörka granskogen alldeles intill på andra sidan diket.

Godis

Mins att min syster Margareta och jag brukade göra "rört ägg", som vi kallade det. Vi tog varsin äggula i varsitt glas, i med socker, och så rörde vi om med en tesked, till det blev en fin konsistens i ljusgul nyans. Jättegott! Kommer också ihåg när mamma och pappa skaffade kylskåp där i Askfalls skola. Ett gult stort kylskåp, av den modellen man kan se i gamla amerikanska filmer från samma tid, alltså 50-talet. En höjdare var det när mamma hade gjort glass. Minns det så väl, den där riktigt vaniljgula glassen med små isinläggningar. Lördagsfest kunde det också bli, när vi fick sockerdricka eller läsk med apelsinsmak, Loranga hette den, och jag glömmer inte heller när mamma kokade knäck till jularna. Det var ju en annan tid, allting var inte så utvecklat när det gällde mathanteringen. Jag tänker på det där med att förvara mat, få käket att hålla över tid. Mamma konserverade mat i glasburkar med gummiring i locket. På varje burk klistrade hon fast en handskriven etikett. Någon frys hade vi ju inte.

Mina systrar Birgitta och Margareta var en gång små flickor med hårband. Vi uppstår, vi är här, och vi går. Jag var deras lillebror.

KAPITEL 3

En helt annan tid

1950-talet var verkligen en helt annan tid, men ändå samma planet, tror jag. I den gamla skolan eldades det med ved för skolan, och även för de bägge lägenheterna på övervåningen. Fina kakelugnar, och vedspis i köket. På den tiden var skolan statlig i Sverige, och jag minns pappas gula anilinpennor som det stod "Tillhör Statsverket" på. Minns när pappa bar upp ved till vår bostad, och när han eldade i kakelugnarna, och reglerade spjällen. Varmt och gott blev det, och i köket kom den goa värmen från vedspisen, och jag minns mammas sladdlösa strykjärn, den första generationen. Ja veden bar pappa upp, men han behövde inte hugga och klyva. Det ingick i avtalet, att till hela skolbyggnadens uppvärmning skulle det ordnas med färdigställd ved. Varje höst kom en äldre man med keps och vedklyv, och en sågklinga som han kopplade in till en elektrisk motor. Jag minns hur kraftöverföringsbandet gungade, och med visst sjungande smatter snurrade i en långdragen till synes ändlös höstsonat. Den i mitt tycke gamle mannen kallade jag för "Hugga Ved", och vi blev bra kompisar. Det var ju så klart spännande att hänga med honom, speciellt inramningen med den nykluvna vedens tjärdoft, ångorna från hans kaffetermos, snus och piptobak. Jag har ända sedan barnsben uppskattat den inledande höstens charm, med den höga luften, de nyvända jordarna där bondens plog gått fram, de första gulnande löven, den mättade luften och vildgässens väl koreograferade plogformationer, som avtecknades mot den tidiga klara hösthimlen, på deras väg till sydligare nejder.

Vintrarna på femtiotalet var långa och vita. Vaktmästaren Simon skottade, men även pappa. Lägenheterna blev ju varma av eldstäderna, och det var ju så pass modernt, så vi faktiskt hade WC, toalett inomhus alltså. Ett litet problem var det, att där fanns ingen kamin att elda i, dock ett litet elektriskt element, men inte särskilt effektivt. Varmvatten fanns det ju inte heller, så det var inte så mysigt att gå på muggen när kung Bore lirade för fullt utanför. Ja man blev ganska effektiv när man gjorde tvåan om man säger så. Minns kopparbaljan, ja jag vill minnas att den var gjord i koppar av någon anledning. Den intog en central plats i kombination med spisuppvärmt vatten för familjens hygien.

I skolsalen eldades i kaminen så den blev röd, och eleverna fick hjälpa till att bära in ved dit. Ett annat 1800-talsmässigt minne är, när skolbarnen fick gå och hämta mjölk till skolbespisningen. Jag gick i klass tre och fyra för min käre far i Askfalls skola, så jag var med om detta själv. Varje morgon, efter morgonsamlingen då pappa spelade på tramporgeln och vi sjöng någon psalm, avdelades två elever att i gemensam tropp gå till bonden Ernfrid, som skolstyrelsen hade kontrakt med, för att hämta mjölken. Det var en bit att promenera, över järnvägen förbi banvaktsstugan, Gåvastbo järnvägsstation, lanthandeln och bostäderna för skogsarbetare och skogvaktare. Det blev en kul avkoppling från lektionerna, och fin social samvaro med någon skolkamrat, där vi kom dragandes en kärra med två stora cykelhjul. Motion plus att känna att man var delaktig i samhället, att inte allt serverades av de vuxna, det tror jag enbart var bra.

Speciella minnen har jag från vissa kvällar, antagligen lördagskvällar, då det var gudstjänst i skolsalen och en präst kom dit och predikade. Missionsförbundet hade visserligen ett missionshus inte långt bort, men det kom en hel del personer även till statskyrkans arrangemang i skolan. Mamma var med och kokade kaffe och var så fin i sin blå klänning med en silverbrosch, det luktade kaffe och alla var finklädda. En gång var det till och med barndop. En av prästerna hette Veit Svensson, kommer antagligen ihåg namnet eftersom det var så ovanligt, ja förnamnet alltså. Han var kompis med en av den tidens största idoler, Gösta "Snoddas" Nordgren. När han skulle gifta sig vigdes han av denne präst i Tierps sockenkyrka, kanske för att få mindre uppståndelse mot att vigas hemma i Bollnäs?

Cykelsång och skoldass

Minnen från tiden innan jag började cykla själv, är att jag ibland åkte på pakethållaren med pappa till affären, hur det sjöng i ekrarna och ljudet från däcken som mötte den lutade och välansade landsvägen. Ja alltså vägen lutade inte, men på den tiden kom det ibland en tankbil och spred lut på den stora grusvägen, för att få den hårdare och mindre benägen att damma. Det doftade speciellt från den lutbehandlade vägen. Trygghet, sommar och gamla tider.

Ett annat minne från den gamla tiden, när jag själv var där, är pannmuren, en sorts tvättgryta för större tvättobjekt. Tvättgrytan, d.v.s. pannan, var placerad på en murad vedeldad ugn, som värmde den stora grytan, och denna anläggning var placerad i ett uthus. Där luktade det gott och friskt, men för att balansera upp det hela, så fanns det ju även andra uthus. Vedboden så klart, men det fanns även en annan nödvändig stor byggnad, ett flerpipigt typisk skoldass. Doften därifrån kunde man ändå acceptera, men det fanns även en pissoar, och den anläggningen höll nog samtliga reviruppfostrade rovdjur i halva Uppland konstant på behörigt avstånd.

Vi bodde ju verkligen på landet, och jag minns när jag cyklade på en liten väg, ni vet en så´n där med grästorvor i mitten, till Svenssons och köpte ägg. Så idylliskt, som ett gammalt påskkort av Jenny Nyström. Har för mig att jag möttes av en tam kråka vid namn Kraxen, när jag kom dit i äggaffärer. Mjölken köpte vi hos familjen Forslund, våra närmaste grannar.

Pappa fyllde 50

Den fjärde september 1953 fyllde min far femtio år. Flera från hans släkt i Småland hade hittat ända upp till oss i norra Uppland, och flera av hans kollegor kom också, så det var trångt men hjärtligt, och mamma hade anlitat hjälp med det matpraktiska. Ja denna lilla by ligger alltså mellan Tierp och Tobo. Jag minns innan vi skaffade bil, när vi blev avvinkade av den trevlige stinsen Agne Ronnerfors vid Gåvastbo station, där vi satt på det lilla lokaltåget på väg till Uppsala, för att hälsa på mormor. Det var långt före det moderna pendeltåget Upptåget. En gång fick vi sällskap i vår vagn av en sofistikerad dam som steg på i Vattholma. Om jag inte har missuppfattat det hela rätt, så kan det ha varit friherrinnan Wera von Essen, som på sin lott hade fått ansvar att förvalta Vattholma, närbelägna Salsta slott samt Skokloster. Hon började konversera med oss, som hon kallade den vackra damen med det vackra barnet. Ja, kuriosa minnen dyker upp, och jag kan väl skriva ned dessa pseudohändelser, som så här i den dimmiga backspegeln ändå ter sig ganska charmiga. Att hon hamnade i samma vagn var inte så konstigt, vill minnas att det bara var en personvagn, utrustad med träbänkar, som var kopplad någonstans i mitten bland alla godsvagnar på dessa primitiva lokaltåg som slingrande makligt tog sig fram i det öppna femtiotalslandskapet. På den tiden fanns förutom Gåvastbo ytterligare ett par forna stationer där utefter banan mellan Tierp och Uppsala. Det var Knypplan och Gamla Uppsala. De var borta när den moderna pendeln Upptåget började rulla 1991.

Innan jag började skolan erhöll jag full uppmärksamhet och service av min älskade mamma, men alltefter som öronen växte och huvudet nådde bordsskivans vassa kanter, började mamma i sin yrkesroll som småskollärare, ta en del vikariat runt om i socknen. På den tiden ute på landet fanns ingen barnkrubba eller barnträdgård/ kindergarten, det som senare kom att kallas dagis och förskola. Det betydde att när mamma åkte iväg för att arbeta, fick jag gå en trappa ned, och sitta längst ner i skolsalen vid ett stort bord, och rita och ha tråkigt. Jag tror de flesta barn i min generation har haft långtråkiga sega stunder, kanske bättre det än senare tiders näst intill hyperhysteriska aktivitetskamp rätt in i curlingboet.

Någon gång fick jag följa med mamma, när hon vickade i en byskola som hette Ängsbolagets skola. Vi åkte tåg norrut till Orrskogs station. Bredvid stationen fanns en jättestor lagård, och där utanför stod alltid en stor tjur, som jag inte kände något större behov av att klappa. Där vid denna station gick ett stickspår till Stockholms stads kraftverk i Untra, och jag minns den s.k. Untravagnen, en i brun träfasad specialstajlad rälsbuss. Nedre Dalälven rinner genom Gästrikland och norra Uppland, och mjölkas på energi på flera ställen efter färdvägen. Från Orrskogs station blev det pakethållarfärd med mamma på en liten byväg till skolan, där flickorna slogs om att få vara med mig på rasterna. "Jag vill ha honom, jag vill ha honom" ropade de. Antagligen brådväcktes deras modersinstinkter. Ja det är märkligt hur man kan minnas små episoder från barndomen. Där i grannskapet kom min kära syster Margareta så småningom att leva hela sitt vuxna liv. Jag minns när jag och min syster Margareta var små, jag var ju fem år yngre, när vi hemma i Askfall åkte kälke, eller bob som det kallades, nerför en backe invid vårt hem. Båda mina systrar bodde hemma då, där i skolan med familjen. Storasyster Birgitta, som var tio år äldre, gick i realskolan i Tierp.

Ett annat minne som jag har från Ängsbolagets skola, antagligen tidigast 1955 när pappa skaffade bil, är när vi hälsade på hans kursare Josef Forsman och hans fru Elsa. Jag var mycket fascinerad av att de hade en högtalarlåda på väggen i köket, som återgav ljudet i den stora radioapparaten i hallen, via en på väggen uppspikad sladd! Wow, en liten milstolpe i mitt liv faktiskt. Jag hade tidigare konstaterat hemma, att när det spelades kyrkorgel på vår stora fina Telefunken-radio i mahogny, så kunde det skramla till i spegeln på väggen och andra saker i rummet när man drog upp ljudvolymen. Det här var också en del i den magiska värld av ljud och musik, som kom att prägla mitt liv.

Stormfällningen

Natten mot söndagen den tredje januari 1954 blev meteorologerna överraskade av ett ordentligt oväder. Full orkan drabbade inte minst norra Uppland och Gästrikland. Minns när jag tittade ut och såg att plåttaket på elevernas cykelställ hade slitits av och låg ihoprullat på ena sidan. Det här var långt innan man namngav varje större oväder, så detta kom att bli ihågkommet som den stora Stormfällningen. Miljontals träd knäcktes som tändstickor alternativt fälldes så roten tappade sitt fäste. Det blev total kaos i trafiken, såväl till lands som till sjöss, under själva stormen, och därefter fortsatt kaos i skogarna. I samband med detta blev landet tvunget att rekrytera arbetskraft från våra grannländer för att röja upp i denna totala röra. Jag kom senare i livet att bli god vän med söner till några danskar som kom hit i samband med Stormfällningen, och som efter detta blev kvar här. Ja där ser man vad vindkraften kan föra med sig.

Volvo PV 444

"Å till sommaren 1955, en Volvo hade hittat till vårt hem. Men den tiden snart försvann, det var långt innan jag blev man. Då kunde vi åka, med denna maskin, med vita däcksidor, blänkande fin. Genom ett Sverige på krokiga vägar, in i små städer, förbi odlade tegar." Det var text hämtad från min sång *Innan Jag Blev Man*. Minns så väl när de kom från bilaffären och levererade bilen, som kostade 10.000:- kronor, mycket pengar som pappa hade sparat ihop till. Han tog körkort sent i livet, och skaffade sin första bil vid 51 års ålder. Då slutade vi åka tåg ner till Småland om somrarna, vilket ju också var mysigt. När vi åkte via Oskarshamn drogs tåget av ånglok, oj vilken känsla med koloset, tuff-tuff och visslan. Men nu var det nya tider, och Volvon fick visa vad den gick för. Vi syskon satt alla i baksätet, och fick dispens att tugga tuggummi för att inte må illa. Toy med pepparmintsmak, tuggummit som den kända svenska sångerskan Alice Babs gjorde reklam för. Min far hatade annars när folk tuggade tuggummi, han tyckte det var oerhört irriterande. När takräcket var påskruvat, resväskorna packade och fastsurrade på taket bar det iväg söderut, medan presenningen över väskorna pockade på uppmärksamhet genom sitt fladdrande i fartvinden. Lycklig styrde pappa mot sitt älskade Småland, samtidigt som han drog några Jussi Björling-sånger. Det gör ont när jag tänker tillbaks på det vackra Sommarsverige som passerade revy utanför bilrutorna, eller som jag också skrev i den där sången: "Genom ett Sverige på krokiga vägar, in i små städer, förbi odlade tegar. Ett leende landskap, genom olika trakter, en road movie i flera akter, där i Europas periferi. Nu är ankdammen nostalgi. Ja den tiden snart försvann, det var långt innan jag blev man".

Mormor och jag

Den enda personen från den gamla generationen som jag hade möjlighet att träffa var min mormor. Glömmer aldrig när hon var hos oss i Askfall, och en dag var vi ensamma och jag fick rå om henne. Nu handlar det om en högborgerligt uppfostrad kvinna från 1800-talet, som inte ens min mamma var du med, men det var andra tider och seder. Hur som helst, så var det kul när vi var tillsammans, även om jag kanske sa mormor till henne i stället för du, men det funkade ju också, minns bara att vi hade det trevligt. Hon stekte plättar så oset stod som en enklare form av Londondimma i köket. Jag och mormor.

Folkskolan

Jag började skolan, alltså folkskolan som det hette, höstterminen 1954 i Vallby skola strax utanför Tierps köping. Min lärare var min mamma, ja så blev det. Då fick jag åka skolbil, och det märkliga är att jag minns chaufförerna och bilarna så väl. Mamma var mycket omtyckt av ungarna, och hon hade alltid haft en modern attityd. Hon gick i långbyxor och kort hår innan det var helt accepterat berättade hon, och som småskollärare tvingade hon aldrig någon vänsterhänt att skriva med höger hand.

Första musiklektionerna

När jag började i trean för pappa i Askfalls skola, började jag också ta lektioner för musikläraren.

Denne dalmas vid namn Erik Berglund, samma namn som den kände skådisen från tidigare år, åkte runt i socknen med sin grönblå Opel Olympia. På den tiden hade de styrande kommit fram till, att alla svenska barn som ville lära sig att spela för att uttrycka sig musikaliskt, skulle först obligatoriskt beträda musikscenen andligt befruktade av små citroner gula och apelsiner, för att lättare lära sig de internationellt vedertagna italienska musik-termerna som legato, arpeggio, ritardando och skalan do-re-mi-fa-so-la-ti-do. Ja jag kan i alla fall inte komma på någon annan anledning till, att vår eminente musiklärare blev tvungen att lära oss att tremulera på dessa dubbelsträngiga, för bygden och vår kultur helt inkompatibla instrument. I en snar framtid skulle dock dessa sydeuropeiska klanglådor som obligatoriska första instrument ersättas av en annan inspiratioshämmande tingest, där dubbelsträngar och klanglåda bytts ut mot en ylande salivreservoar. Men ska jag vara ärlig, så kan mandolin naturligtvis vara mycket trevligt som kompinstrument inte minst, och blockflöjten är ett överkomligt instrument för alla, och kan säkert vara inkörsport till andra härliga blåsinstrument.

Skolbilarna

I socken som vi sa, ja alltså det var landsbygden  utanför köpingen, var det väl inte så många ungar som behövde skolskjuts. Det fanns bara en skolbuss och resten åkte skolbil. Dessa tjänster köpte väl skolstyrelsen in från taxiåkarna i trakten, och jag minns Börje Eriksson och Ivar Lind som hade sina förlängda svarta Volvo-droskor, eller suggor som man också sa. Hjalmar Andersson hade en svart amerikanare, tror det var en förlängd Chrysler de Soto, liksom Sixten Holmgren med sin långa svarta Ford Customline, med de runda baklysena. Jag tror alla chaufförerna rökte i bilarna utom Sixten, eller snälla chauffér´n som vi kallade honom, eftersom han var mest social med oss ungar. Kör på 100 ropade vi, nej jag kör på vägen sa Sixten, som hade kört rally i Monte Carlo. 100 km/h var snabbt på den tidens landsvägar.

Papperslöjdare

Innan jag började skolan satt jag ju längst ner i skolsalen i Askfall och ritade, när mamma vikarierade och inte kunde vara hemma. Det kanske resulterade i att jag blev något av en liten papperslöjdare. Jag klippte i papper och kartong, klistrade och konstruerade saker. En gång fick jag för mig att bygga en cirkus i detta spröda material. Det var i samband med att vi hade "främmande", som inte alls var främmande. Det var mina kära släktingar från Uppsala, morbror Georg och moster Lilly. Minns märkligt nog två incidenter från detta besök. Den ena var namnet på min fina pampiga papperscirkus. Den skulle ju heta någonting så klart, så jag kopierade ett redan säkert kort. Det gällde ju att marknadsföra på rätt sätt, så jag tillverkade en stor festlig skylt med namnet "Cirkus So". Glömmer aldrig att de vuxna skrattade åt min fina skylt, kände mig förnärmad, och jag förstod ju inte heller vad det var som var så roligt. Dessutom, samma dag till råga på allt, eller kanske därför, började jag leka med en hårnål, som jag hittade på golvet. En så´n där svart liten sak. På det glada 50-talet hade man inte kommit på ännu, att det kunde vara lämpligt med petskydd i de elektriska vägguttagen. Jag satt på golvet, och med min nyupptäckta leksak testade jag, om den passade in i något av hålen i gristrynet i väggen, inte så konstigt eftersom jag ju var cirkusdirektör i Cirkus So. Ja de utanpåliggande vägguttagen vid den tiden förde tanken till, att det stod en gris på andra sidan väggen och nosade sig igenom tapeten. Hur som helst, jag testade med hårnålen, och succén var ett faktum. Det gnistrade som tomtebloss, när jag gjorde så, och det funkade i bägge hålen dessutom! Då kom moster Lilly förbi, och hon började skrika hysteriskt. Jag hade verkligen ställt till med en riktig cirkus.

En ny känsla

Några år senare på den stora landsvägen, när jag kom cyklandes tillsammans med mina bägge systrar, kommer det en stor älg ut på vägen mitt framför oss. Kanske var det första gången jag kände ångest. Det kan vara läskigt att konfronteras med vilda naturkrafter. En annan gång som den känslan infann sig, var en mörk vinterkväll som lystes upp av ett norrsken. Vi gick ut allihop och betraktade detta sprakande skådespel, dessa gigantiska draperier som någon drog i fram och tillbaka över den svarta vinterhimlen. Annat var det när vi gick ut och tittade på en konstgjord sak som kom från det stora landet österut. Det var Sputnik 1 som flög över oss som en liten stjärna den där kvällen 1957, embryot till en helt ny tid. Kollade och läste om rymden, och fascinerades av Eugen Semitjovs teckningar och berättelser.

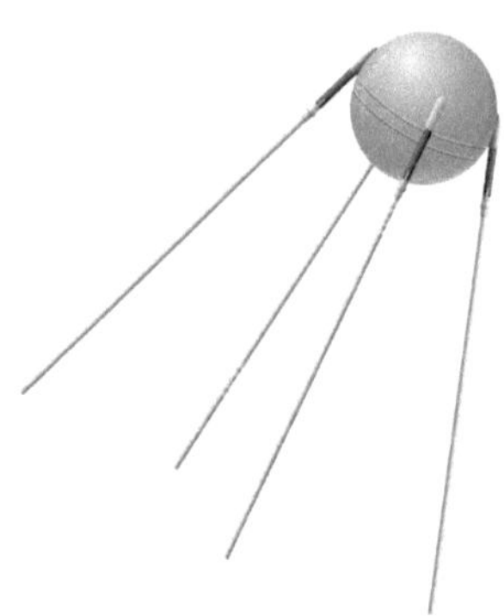

KAPITEL 4

Brytningstiden

Ja slutet av femtiotalet var en brytningstid mot en nyare tid, en annorlunda tid, när plasten tog plats, bilen blev allmän egendom, och konservburkar, kylskåp och tvättmaskin underlättade vardagen för "husmödrarna", som så småningom blev dubbelarbetande. Ja det är invecklat det där med utveckling. Den gamla byskolan blev ju indragen som man sa, till läsåret 1958, inom ramen för en stor omdaning i samhället, en strukturomvandling av stora mått. Nu var det urbanisering och centralisering som gällde. Askfall bestod bara av en skola och en bondgård. Själva byn heter Gåvastbo, där det på den gamla tiden, utöver skolan, fanns lanthandel och järnvägsstation med stins. Vid juletid doftade det speciellt i affären, och det lutar nog åt att det var lutfisken som spred sin doft tillsammans med allt annat som salufördes i en lanthandel, från korv, sill, snus och Tomteskur till spik, flugfångare och gummistövlar. I affären fanns även byns telefonväxel, och jag såg när de kopplade sina "snören" i jackväxeln, för att knyta ihop alla orala budskap på de slaka linorna mellan telefonstolparna, så det antagligen kittlade under småfåglarnas fötter. Det var mycket vevande förr, vevtelefon och vevgrammofon, ja många fick en släng av veven innan teven. Jag såg TV första gången 1957, ett barnprogram som hette Andy  Pandy, en marionettdocka som var avsedd för en annan målgrupp om man säger så, men det var ju spännande ändå att uppleva detta fenomen. Året efter, samma år som vi flyttade från Askfall och Gåvastbo, var det fotbolls-VM i Sverige. Jag är ju ingen sportfantast, men det var trots allt spännande att se Nacka Skoglund, Gunnar Gren och Nisse Liedholm tampas mot Pele och grabbarna, för ett VM-silver till Sverige. Det såg ut som om det var en ny form av vintersport, när den svartvita TV-apparaten ansträngde sig för att ta emot den svaga signalen från Nackasändaren, varvid dessa irriterande artificiella snöflingor uppstod på skärmen. Men tittade gjorde man ändå.

Värdshuset Hembygden
i Gryttjom, mellan Tierps Kyrkby och Månkarbo där ute på prärien, fanns ett etablerat ställe för stora kalas på den tiden, och det var också där som terminsavslutningen för musikeleverna ägde rum. Efter en dubbeltermin med påtvingad mandolin, fick jag äntligen välja instrument helt själv, och då valde jag piano. Minns mycket väl den första lektionen, då jag fick i uppgift att spela med alla mina tio fingrar på bordet! Ja tummen räknas väl som finger ibland. Från höger till vänster och tvärtom skulle jag trumma med fingrarna, för att stärka upp anslaget och träna upp motoriken.

Mycket bra introduktion måste jag erkänna. Efter mitt första år så skulle jag visa om jag hade lärt mig något, och detta skulle bevisas i den stora

musikavslutningen från värdshuset Hembygdens stora scen i Gryttjom, där alla musikelever, deras föräldrar och jag tror alla lärare skulle kolla. I denna stora fullsatta sal skulle jag gå upp på scenen alldeles själv. Ja vad skulle jag göra, helst ville jag smita ut. Så, det var bara att gå upp på scenen, sätta mig vid pianot och spela upp en spelläxa, den utomordentligt inspirerande låten Tennsoldaternas Marsch. Kanske var det ändå en föraning, till vad jag skulle komma att gå igång på i framtiden: Tin Soldier med Small Faces. Och jag gjöt ju tennsoldater själv, av någon obegriplig anledning, men det var väl kul att gjuta. Jag glömmer aldrig så fruktansvärt jobbigt det var, att ensam gå fram där och spela inför publik. En annan grabb från bygden, Roland Andersson, hade kommit längre i sitt pianospel och ytterligare en annan grabb hade ett självförtroende icke av denna världen. Han hette Anders Willén, och sjöng Twisting Patricia, en cover på en låt med Jerry Williams och the Violents, till eget ackompanjemang på sin glänsande fina vita Hagström-gitarr i pärlemor. Det var vårterminen 1958, sista året innan vi flyttade in till köpingen.

Jag minns min syster Margaretas bröllopsmiddag på Värdshuset Hembygden, och jag har även spelat på några olika evenemang där, bl.a. på en fest för Stockholms Fallskärmsklubb som har använt flygfältet i Gryttjom för sin verksamhet under flera decennier. I denna byggnad föddes hösten 1884 en svensk skådespelare, sångare och regissör vid namn Sigurd Wallén. Husbyborg är mera precis adress för det gamla värdshuset, där det även finns en kyrkoruin. Märkligt sammanträffande här. Min musiklärare Erik Berglund, Erik "Bullen" Berglunds pilsnerkorv och Sigurd Wallén som man förknippar med gamla pilsnerfilmer. Därtill ska man komma ihåg, att Tierps vapen sedan gammalt består av tre humleax. Tierp förlänades en vapenbild av kung Karl Knutsson. Det skedde i ett brev av den 24:e augusti 1456 om skatteeftergift på grund av hungersnöd. Invånarna i dåvarande Tierps härad och deras efterlevande fick därvid "Trij Humble Axt" som bygdesymbol i sitt sigill. Ja det här var ju t.o.m. innan jag var född, men intressant ändå i sammanhanget.

Tankarna spinner, när man sätter sig själv i ett historiskt perspektiv, både i de stora och i de små sammanhangen. Det här med att tillhöra människosläktet är märkligt. Hur mycket är vi förprogrammerade, hur mycket är instinkt? Andra primater har det mesta helt klart för sig från födseln, medan vi lär oss hur vi ska bete oss för att klara oss, genom den kultur vi föds in i, var det någon kulturantropolog som sa. Ibland känner jag att jag har levt tidigare, och det har väl hänt att jag varit med om någon déjà-vu-upplevelse. Jag har även funderat över hur jag redan som liten grabb kunde känna en sådan fascination över, och dragning till, vissa individer av det motsatta könet? Men livet är ett stort äventyr, en stor gåta.

Barnens Dag

var en stor begivenhet i Tierps köping, ett årligt återkommande evenemang som drevs av Lions Club. Det första stora affischnamnet jag kommer ihåg från detta är *Sigge Fürst*. Denne glade underhållare och välsjungande skådespelare, som tidigare varit polis, var mycket folkkär. Minns jag åkte in till köpingen tillsammans med pappa. Vill minnas att vi upprepade denna utflykt året efter, för att kolla in *Charlie Norman*. Denne musikaliske dalmas var en lika god underhållare och dessutom en nestor med sitt boogie-woogie-driv på pianot. En gång i framtiden skulle jag själv spela på den stora scenen där. Jag var också tillsammans med pappa på cirkus i Tierp, och en gång var vi på konsert med *Donkosackerna*, den världsberömda ryska manskören. Med mamma var jag på bio och såg den fantastiska tecknade långfilmen i färg om *Snövit och de sju dvärgarna*, den tragiska filmen *Barnen från Frostmofjället* och den långtråkiga om *drottnings Elisabeths kröning*, som tydligen gick som långfilm. På konditori Solstugan kunde det efter bion bli en liten tårtbit av deras specialtårta som de kallade för Eisenhower-tårta, något i still med Budapest-tårta.

Flytten från byn till stora världen

Den gamla byskolan där vi bodde under åtta år, stängde alltså igen efter vårterminen 1958, och vi flyttade in till en lägenhet i centrala köpingen. Det var med stor ångest jag gick till skolan första dagen på höstterminen det året. Det kändes enormt jobbigt att komma från små byskolor till en jääätteskoooola. Men, jag hade kanske tur? Såklart var det vilset första dagen, men mina nya klasskompisar var jättetrevliga och snälla. Minns speciellt Roger Backström, som välkomnade mig och berättade att han lirade hockey. Sport var väl inte mitt största fokus, men det spelade ingen roll, isen var i alla fall bruten, och jag kände mig trygg. Min klasslärare hette Ove Bergquist, mycket bra lärare och dessutom var han en god violinist. I den stora naturkunskapssalen, högst upp i den fina mäktiga stenbyggnaden, hade vi ofta lektion tillsammans med parallellklassen. Deras lärare hette Nimrod Alinder, och han var morfar till poeten Kristina Lugn. Han var även kantor, och jag fick låna nycklar till kyrkan av honom för att testa den stora kyrkorgeln. Det var ju häftigt att blåsa på med orgelpiporna, men jag insåg själv efter ett tag att det inte riktigt var min arena. På den tiden umgicks jag med prästens söner, Per-Gunnar som var äldre och Tomas som var yngre, eftersom mina föräldrar umgicks med föräldrarna Erik och Alva Alldahl. Där florerade klassisk musik, men det kom ändå aldrig att bli mitt huvudsakliga andliga näringsintag, även om det absolut har haft viss påverkan. Ett annat speciellt minne från den här tidiga tiden i köpingen var Per-Gunnar Alldahls modelljärnväg av märket Fleischmann. Detta gav mig input för att själv bli modellrallare, men jag byggde min anläggning kring det konkurrerande märket Märklin. Så småningom upptogs halva mitt pojkrum av mitt järnvägsbygge, där jag byggde en hel miniatyrvärld med tunnel, små hus och en stationsbyggnad med modifierat panelvirke av märket Solstickan. Jag gjorde en egen konstruktion av stoppljus vid en järnvägskorsning, där jag utnyttjade loket och vagnarnas förmåga att leda ström när de passerade skarven till rälsskenan vid övergången. Om det finns något samband med tågnörderi och musik vet jag inte, men både Rod Stewart och Neil Young fastnade i detta, och var nog nära att spåra ur, för där kan vi snacka om mycket stort engagemang. Själv växlade jag så småningom in på fotografering.

Foto och piano

Min gode kompis från första klass Uno Nordström och jag började gå en fotokurs. Det var en studiecirkel som exponerades av fotografen Peter Taxauer, som jag tror kom från Österrike under eller efter världskriget. Han drev en fotoateljé tillsammans med sin fru Maj Fredriksson, som jag vill minnas att hon hette. Dit var jag och mamma för att ta bilder på mig när jag var liten, något som jag kommer ihåg ännu. Uno och jag fick köpa en gammal förstoringsapparat billigt av fotograf Taxauer. Vi fick tillstånd  att ha ett litet mörkrum i skyddsrummet i bostadsrättshuset där jag bodde. Vi hade varsin enkel kamera, och vi lärde oss att göra bilder i mörkrummet, kontaktkopierng, förstoring och även framkallning av själva filmen.

Parallellt med fotohobbyn lyssnade jag mer och mer på Radio Luxemburg. Jag ”gick ju och spelade” som man sa, ja bokstavligen till Centralskolan och tog pianolektioner en kväll i veckan, och det handlade då främst om att spela upp pianoläxan. Minns när jag satt vid vårt stora svarta piano i vardagsrummet på Stationsgatan 10 B i Tierp, med pianoläxboken uppfordrande uppslagen mitt framför näsan. Jag förträngde in i det sista, att analysera de där ”fluglortarna”, som hängde på notlinjerna och spretade åt alla möjliga håll, med C-klav och F-klav och hjälplinjer, så erbarmligt tråkigt och oinspirerande. Efter att ha försökt få till riffen som Ray Charles lirade i *What Did I Say*, eller rättare sagt när jag upptäckte fenomenet riff innan jag visste vad det hette, och när jag tyckte att jag fått till stunsen och tekniken i anslagen som Floyd Cramer hade inspirerat mig till, tog jag motvilligt äntligen tag i spelläxan. När jag hittade min gamla pianobok många decennier senare, i samband med att jag städade, upptäckte jag en del uppmuntrande och positiva anteckningar som pianoläraren gjort, tror han hette Hammarlund, så jag hade väl ändå skött mig något så när.

När jag gick till och från Centralskolan, alltså den stora fina folkskolan som låg på andra sidan järnvägen i köpingen, sneddade jag över den hårt trafikerade bangården fyra gånger om dagen, fyra dagar i veckan. Eftersom jag bodde för nära skolan, så jag fick ingen skollunch, utom en dag i veckan då vi hade kort lunchrast. När jag tänker tillbaks på att jag sneddade över järnvägen, där det alltså inte var något övergångsställe, ja då tänker jag att allting inte var bättre förr. Idag är det ordentligt inhägnat, med höga stängsel och planfria övergångar, eller rättare sagt undergångar. Jag var s.k. nyckelbarn, med portnyckeln i en kedja runt halsen, eftersom bägge mina föräldrar jobbade. Minns ej vad jag åt till lunch, men antagligen något mamma hade förberett. Men en dag i veckan behövde jag alltså inte gå hem på lunchen. Jag minns med vämjelse, när jag av de bastanta pondustyngda "mat-tanterna" tvingades att äta sylta, något jag hade svårt att få ner utan kväljningar och spykänning, men det var antagligen ändå inte ett ärende för Genevedeklarationen om barns rättigheter. Nej det var fel typ av rätt i alla avseenden.

Under de här första åren, när vi bodde i köpingen, hände det sig också att jag blev ordentlig sjuk, någon infektionssjukdom som jag inte minns nu vad det var, kanske påssjukan? I vilket fall som helst så kom syster Greta, som var en god vän till familjen, jag tror varje dag en tid och gav mig sprutor i rumpan som jag minns det. Jag var så pass dålig så jag hade hallucinationer, mycket otäck och realistisk upplevelse av att jag befann mig på ett slagfält, ja en tredimensionell färgupplevelse. Hur kom denna upplevelse till mig, och jag minns det ännu?

TV-åldern

Betydligt trevligare och roligare minnen har jag från när vi var hembjudna till syster Greta och hennes man Carl under jularna. Där hemma hos Schollins fanns nämligen en 17-tums TV, och där satt jag som klistrad och såg ett program som hette Disneyland. Detta var föregångaren till det som senare kom att sändas på julaftonen vid kl 15 med Kalle Anka och hans vänner.

TV-ålderns första stapplande steg upplevde jag, som jag nämnt, under sista tiden när vi bodde i Askfalls skola. Jag tror att det första riktigt stora underhållningsprogrammet i svensk TV var "Stora

Famnen" med den mycket populäre småländske programledaren Lennart Hyland, som började som snabbtalande sportreporter på radion. Läste att han inledde sin bana som speaker på fotbollsarenan Fredriksskans Kalmar, och honom hade vi ju även hört flera gånger tidigare, när han ledde underhållningsprogrammet "Karusellen" i radio. Men nu var det alltså TV, detta spännande och mystiska nya fenomen, det var verkligen häftigt på alla sätt och vis. Familjen Forslund, de som vi köpte mjölken av, hade skaffat TV, och till lördagarna bakade glada och trevliga Anna Forslund sockerkakor och vetelängder, så att det skulle räcka till lördagsinvasionen, då deras hem förvandlades till någon form av kombinerad bygdegård, biosalong och café. Alla kollade in den svart-vita TV-skärmen, där Lennart Hyland presenterade artister, och kom med allehanda upptåg och hyss. I programmet fanns även en ung snygg värdinna, sångerskan Siw Malmkvist från Landskrona.

Första Finlandsresan
Det kan ha varit sommaren 1961 då min kära syster Birgitta och hennes första man Jonas tog med mig på en road trip längs Norrlands-kusten och in i Finland, via Haparanda-Torneå i sin Renault Dauphine. Efter Norrlands-kusten skulle jag senare komma att åka många gånger av flera anledningar. Vi passerade bl.a. Kalix, en ort jag en gång i framtiden speciellt skulle återvända till. I Boden hälsade vi på min kusin Anna med familj, som då bodde där. Det var så klart mycket spännande att sedan komma in i Finland, eftersom jag aldrig hade

varit utomlands tidigare. Kommer ihåg vägskyltarna där det stod "Aja Hitaasti", alltså Kör Sakta. Vi körde söderut efter kusten, och första övernattning var i Uleåborg. När vi senare kom till huvudstaden, gick vi till Borgbacken (Linnanmäki), stadens nöjespark, och där gick vi in i teater- och konsertlokalen Peacock för att kolla in en svensk världsartist och primadonna vid namn Zarah Leander. Min syster Birgitta var ju tio år äldre, men vi kom varandra närmare med åren, och jag inser nu vilken fin storasyster hon var. Jag saknar henne.

Tidsmaskin
"Se'n rinner åren förbi, i ett tidsmaskinstrolleri"
ur Det Går Ej Att Spola Tillbaka Tiden

Går tiden fort, eller står den stilla? Går vi i cirklar? Olika faser i livet, eller olika liv under vår stund här på jorden? Eller är hela den stunden en del i ett större sammanhang, som vi inte har förmåga här att fatta någonting av? - Här sitter jag och grubblar över min nya, eller snarare nygamla situation. Jag är pojken och ynglingen som bokstavligen åter är på mammas gata, men med ett omvänt perspektiv på livet. Cirkeln är sluten.

Den gamla köpingens skyline domineras av silon, eller "bondhoran" som den heter i folkmun, ja det var där som bönderna tömde sin säd…. Ful och tråkig byggnad, men den gav bröd åt folket! Minns att jag i pojkåldern klättrade upp där för att kolla utsikten över slättlandet.

1958 enligt strukturomvandlingens agenda stängde

man alltså ner den gamla byskolan, och vi flyttade in till centrala köpingen. Jag minns konditori Lyktan och Bio-Kondis. På Järnvägspromenaden låg konditoriet Solstugan, där man bakade sin helt egna tårta, eller tårtformat som det kanske skulle ha kallats idag. Ännu idag minns jag denna läckra skapelse med grädde och mandelkräm, som salufördes under namnet "Eisenhower-tårta", antagligen en tacksamhetens hyllning till det stora landet i väster, under 50-talet det goda landet som garanterade en tryggare och bättre värld, ett renommé som framtida amerikanska politiker och affärsmän skulle förvrida 180 grader. Solstugan försvann, men konditori Royal öppnade i nybygget vid järnvägsstationen. Där hängde jag ofta som tonåring och lirade mina favoritlåtar i jukeboxen!

Konditori Lyktan drevs av Konsum och låg på deras fastighet vid Norra Esplanaden. Där fanns även Sko-Konsum, som omnämnes av den udda akademikern och låtskrivaren Ulf Peder Olrog i Rosenbloms Vaggsång! Jag imponeras av Sven-Bertil Taubes artikulering när han sjunger ordet Tierp som Olrog lyckats lägga som avslutnigsord i refrängen: …. *till min enfödde telning i Tierp.*

Realskolan

Skomakarens barn har de sämsta skorna, heter det enligt gammalt talesätt. Som lärarbarn fattade jag inte, att det var viktigt att läsa läxorna. Jag lyssnade ändå på lektionerna så jag klarade mig ändå, men jag förstod inte det där med att jaga höga betyg. Så jag gick sju år i folkskolan, men sedan kom jag in på realskolan. Mamma och pappa hade ordnat med ansökan, och naturligtvis helt utan att jag hade en enda tanke på att plugga vidare, fick jag veta att jag hade kommit in. Detta läroverk för både pojkar och flickor, var en intressant inrättning. Tidigare var det vanligt att läroverken var könssegregerade, men nu var det moderna tider, så skolan hette *Samrealskolan i Tierp*. Lärarkåren bestod till största delen av akademiker som dagligen pendlade från Uppsala. Åldersspannet pedagogerna emellan var stort. Här fanns unga alerta begåvningar och äldre erfarna original. Mina systrar hade bägge gått i den här skolan, och vissa lärare var fortfarande kvar här. Den gamla huvudbyggnaden i sten borde man ha K-märkt, men dessvärre blev den tillsammans med gamla folkskolan offer för den svenska rivningshysterin. Pennalismen florerade fortfarande där när jag började i realskolan 1961. Detta primitiva kamratförtryck användes dock här endast som invigningsritual för nybörjarna. Jag blev kontaktad på en rast av kille från någon av avgångsklasserna, och blev informerad om att infinna mig i den stora toaletten nästkommande rast. Väl på plats, där jag står i centrum i en ring med avgångsklassare, får jag en psalmbok i min hand. Jag blir ombedd att sjunga en psalm för dessa överordnade. Jodå, jag sjöng och därefter skrattade jag åt det hela. Jag tyckte det kändes obehagligt när jag blev haffad där på rasten innan, men själva maktakten kändes enbart pinsam, jag var inte rädd och jag genomskådade det hela som en enbart löjlig tradition. Jag tror inte heller att de fick ut någonting själva den gången, men frågan är hur många andra som faktiskt kanske blev knäckta, om än tillfälligt. När jag och mina klasskamrater gick sista året, var det inte någon som ens kom på tanken att föra denna idiotiska vulgärtradition vidare. Ibland muterar utvecklingen snabbt till det bättre, tack och lov. På senare tid, har dessvärre exempel på det motsatta börjat exponeras. Denna fossila skolform, där jag gick då, minns jag ändå med värme. Tråkigt bara att jag inte pluggade, trots att jag ändå tyckte det var kul med provräkning till och med. Många bra lärare var det. Det var ju också där som vi bildade vårt popband.

Ett mycket speciellt minne som jag har från realskoletiden är, när jag en lördag lyssnade på ett engelskt popband i Parkhallen i Söderfors! Det var absolut första gången jag hörde ett riktigt engelskt band live: *Ken Levy and the Phantoms*

Bandet från Cambridge körde en del låtar av Chuck Berry, plus den för mig oförglömliga suggestiva *Shakin' All Over*, lanserad av lika engelska Johnny Kidd & The Pirates, och skriven av deras sångare.

Måndagsmorgonen efter denna euforiska musikaliska upplevelse går jag som vanligt snett över gatan till realskolans aula, dvs. Sveasalen, den gamla IOGT-lokalen och biografen.

Vi står där utanför i väntan på att bli insläppta till morgonsamling med tal av kanske rektor och definitivt av en präst. Jag är helt exalterad fortfarande efter det enormt omvälvande jag varit med om, och vill nu dela dessa känslor. Jo det var några andra som också varit där. Jag undrade vad de tyckte? - Jo då, det var väl bra....

Foto: Roland "Snoddas" Johansson

Tidigt 60-tal, en underbar tid, Beatles och Trio Me´ Bumba. Jo, jag menar det. Minns när jag cyklade förbi stora campingen på Oknö, och hörde ett mystiskt ljud en sommarkväll 1963. Var det någon ny typ av syrsor? Nej det var introden till Trio Me´ Bumbas magnifika version av *Spel-Olles Gånglåt*, som börjar med något så ovanligt som mungiga, eller munharpa som det också kallas. De fick ju även en brottarhit med *Man Ska Leva För Varandra*, som jag ju då tyckte var riktigt töntig, men med åren omvärderar man ett och annat. En kille från Söderfors började som chaufför åt bandet, och han var även en duktig fotograf. Han kallades allmänt för "Snoddas" av någon anledning. Jag fick några fina bilder av min gode vän Sören Bergström, som han "Snoddas" hade tagit på Ken Levi och hans fantomer vid den där konserten, som jag storörat hade bevistat. Hm, det skulle ju kännas bra om jag åtminstone kunde få fram fotografens riktiga namn. Ingen hade någon aning, så jag skickade ett mail till Bumba själv. Denne sociala och positiva musikant, Jan-Erik "Bumba" Lindqvist, ringde ganska snart, och gav mig information om "Snoddas". Han förde även på tal att han och bandet varit i Tierp på 60-talet och signerat skivor vid en skivbutik innan de skulle framträda här. Jag minns det också, för det var jag som tog dit dessa skivartister via "Snoddas", eftersom jag jobbade i den butiken då. Jo då, jag fick tag i fotografen, och han lämnade muntligt tillstånd till att publicera hans fina bilder här.

Ja jag provade på en del olika jobb, bl.a. kontorist på en bilverkstad, där de även ägnade sig åt bilbärgning. Jag dirigerade bärgningsbilarna via com-radio, och jag hämtade själv även en och annan bil med s.k. dollyvagn. Verksamheten drevs av en storväxt herre vid namn Roland Andersson. Han var mera känd som "Hackis" genom sina framträdanden på isracingbanorna. Glömmer aldrig när jag skulle leverera järnhandlarens nya fina stora svarta Ford Thunderbird i ishalkan. Första året med körkort var jag inte van vid automatväxel, och bara två pedaler blev knasigt när jag skulle bromsa. Det var tur och absolut inte skicklighet som gjorde, att jag kunde stiga ut från den röda skinnklädda inredningen, och överlämna bilen i bästa skick. Man kan inte misslyckas jämt.

Beatles

Den grupp som har varit min största fond genom livet är the Beatles, även om där fanns många andra helt fantastiska grupper, och i början gällde de instrumentala gitarrbanden. Minns en av alla dessa regniga dagar under sextiotalet, när jag en sommarkväll 1963 sitter ute på altanen, eller loggian som vi sa, i stugan på Oknö och lyssnar på Radio Luxemburg i min lilla transistorradio. Så plötsligt hör jag en ny version av *Twist and Shout*. Oj, rätt tuff version, annorlunda, men jag tyckte ändå att versionen som jag hade hemma i Tierp var bättre. Året innan kom nämligen den amerikanska gruppen the Isley Brothers ut med den låten, och jag hade spelat min blå vinylsingel många gånger, där baksidan var en instrumental version av samma låt under titeln *Spanish Twist*. Bröderna Isley banade väg för den engelska coverversionen, efter att ha fräschat upp originalet från 1961 med The Top Notes.

Jodå, jag kände ju till det där bandet från Liverpool, hade ju även hört inspelningarna från Hamburg, och egna låten *From Me To You* tyckte jag var så där, men deras covers av A Taste of Honey och Please Mr. Postman gick rätt in, och sedan kom originalen som ett pärlband.

Det dröjde inte länge förrän jag blev fullständigt totalt knockad av båda versionerna av bandet, alltså Beatles både före och efter albumet *Revolver*, som jag upplevde som vägen in i deras helt banbrytande utveckling. Vad hade världen varit utan dessa fyra grabbar från norra England?

KAPITEL 5

Popbandstiden börjar

I april 1962 fyllde jag moppe som man sa. Alla 15-åringar då, åtminstone i landsorten, ville ha moped. Jag var mer eller mindre fastskruvad på denna blå Monark, eller Monarpeden som den hette, oavsett väder och årstid. Ibland under den kalla årstiden begränsades synfältet av istapparna, som genererades runt ögonen av fartvinden och den låga temperaturen. Men det var inget hinder. Parallellt med dängandet på moppen lyssnade jag på musik, och det ville sig inte bättre än att jag tillsammans med några kompisar försökte starta ett band. Det blev inte så långvarigt, och allting har ju kunnat sluta där. Men hur det nu var, så blev jag mer och mer kompis med killen med den vita gitarren, ja han Anders Willén som lirade på musikavslutningen i socken. Åkte ibland hem till honom, där han bodde några kilometer utanför köpingen. Vi satt ofta i hans rum på övervåningen och lyssnade på vinyler med Gerry and the Pacemakers, the Beatles in Hamburg och Jerry Williams & the Violents med flera. Inga dåliga förebilder, och jag tycker fortfarande att Gerry Marsdens röst är en av de absolut bästa inom popsvängen. Där uppe i hans pojkrum lärde Anders ut hur man tar de grundläggande ackorden på gitarr, inklusive barréackord. Jag är evigt tacksam för dessa lektioner, som blev ett välbehövligt komplement till mitt utforskande om pianots anatomi, samtidigt som jag aktivt förträngde kunskapen om hur en mandolin ska vara stämd. Vi gick ju bägge i realskolan i Tierp, och där bildade vi ett band. Glömmer aldrig vårt första gig, där vi spelade i en av skolans undervisningsbaracker. Ja det här var de första stapplande stegen, så vi hade inte kommit till sången ännu. Efter att ha plågat våra skolkamrater en hel kväll med någon form av instrumental terror, hade jag svårt att somna när jag kom hem. Det ringde i öronen, någon form av tillfällig tinnitus kombinerad med ångest, tredje gången jag upplevde detta hemska spöke. Men av någon anledning hade jag inte förstånd att lägga ner direkt. Vi fortsatte att repa, "och med tiden lät vi bättre" som jag sjunger i sången *Killen Med Den Vita Gitarren*", som kom till när Anders fyllde 50 år. Jag satt hemma i Björklinge och tänkte inför det stora kalaset, att jag som omväxling kanske borde skärpa till mig och förbereda ett litet tal, han är ju trots allt en av mina äldsta kompisar. Och hur det nu var, så efter en stund tog jag fram en akustisk gitarr, och så blev det en sång istället för ett tal. Minns den stora festen i Parkhallen i Söderfors, klassisk mark för oss från tiden då vi började lira på sextiotalet. Där hade de dekorerat så fint med en 50-skylt hängandes ovanför scenen, ja en så´n där trafikskylt alltså. Jag sitter under denna skylt, och så pekar jag på densamma och säger att jag ska inte sjunga så fort, för det är femtio här. Många år senare spelade jag upp den sången för mina vänner i Uppsalabandet Lucky Lips, som då direkt ville att vi skulle ha med den på vårt album. Jag har även sjungit in den på mitt femte soloalbum, en berättande text om de första åren på popscenen, och om hur bräcklig vår tillvaro är, även när livet tycks leka och man är ung.

Nalen

var ett stort nöjespalats i centrala Stockholm, inte långt från Hötorget. Den klassiska adressen var Regeringsgatan 74, eller Gata Regerings 74 som man körde med i annonserna ibland. Från att ha varit ett jazzställe, blev det en popmusikens

högborg under 60-talet. Vi lirade där av och till från 1963. 1967 stängde man hela verksamheten, och radiomannen Carl-Eiwar, som också programledde på Nalen, tyckte att vi skulle spela som sista band i Harlem, som var den lilla mysiga lokalen. Jag vet inte varför han ville att vi skulle lira som sista band, kanske var det därför att han själv kom från Skutskär och vi från en av grannorterna. Ja vi var ju redan på plats, vi hade lirat där tidigare under dagen. Playmates från Gävle lirade som ett av de sista banden i stora salen, ett band jag kom att lira med till och från längre fram i framtiden.

Tiden går långsamt när man är ung, så då hinner man med mycket. När vi började med vårt band repade vi en dag i veckan i godtemplarlogen Sveasalen, som låg mellan realskolan och där jag bodde, denna gamla lokal som ju var biograf, danspalats, realskolans aula m.m. En fin scen var det där, och vi repade ofta inför spontan publik. I början inleddes dessa repetitionspass med, att vi gick direkt från skolan till köpingens enda musikaffär, som låg på andra sidan järnvägen. Den alltid trevlige och gemytlige musikhandlaren var själv dragspelare. För att få verksamheten att gå runt, var hans butik även en symaskinsaffär för märket Husqvarna. Varje gång när vi kom dit hela gänget, och bad att få låna lite prylar, så var det aldrig något problem. Egentligen kan man säga att hans affär var mer eller mindre filial till dragspelaren Sune Johanssons musikaffär i Uppsala. Nu befann sig dessa bägge dragspelare i brytningstiden, då luften var på väg att gå ur dragspelsbälgarna och elgitarrerna gjorde sitt intåg. Detta fattade dragspelstillverkaren AB Albin Hagström i Älvdalen i Dalarna. Till de första elgitarrerna plockade man delar och idéer från dragspelstillverkningen, såsom tryckknappar och pärlemorinläggningar. Hagström var ju ett världsmärke, och för att få perspektiv över de olika epokerna dragspel kontra elgitarr, så läser jag att de i Älvdalen tillverkade drygt 700.000 dragspel och 130.000 elgitarrer under åren 1925-1983. Sedan fortsatte man att tillverka instrument i Kina och Tjeckien, och även nyproduktion senare i Sverige. Hagström hade en egen butikskedja av musikaffärer i Norden, och jag var ständigt skuldsatt med avbetalningsköp inom den koncernen. Vill minnas att kamrermästar´n själv i Älvdalen hette Glad i efternamn, eller om det var artistnamn kanske. Han bör i alla fall omnämnas som en viktig del i min musikkarriär, eller vad man ska kalla det för. Brevväxlingen var mer eller mindre konstant under många år.

I fönstret hos Artur Rhodén, musikhandlaren i Tierp alltså, hängde helt plötsligt en röd planka, alltså en elgitarr med helt solid träkropp, utan resonanslåda, en s.k. elplanka. Det var en Hagströmgitarr utan pärlemor, som såldes under namnet *Kent*. Så småningom blev jag lycklig ägare, och någon gång i framtiden skulle ett fantastiskt band från Eskilstuna, antagligen av ren nostalgi, ta det som sitt bandnamn.

Redan 1963, när vi verkligen var ett färskt band, lirade vi ju på Nalen i Stockholm. Jag var åldermannen i bandet på hela 16 år, trummisen Curt Nilsson var 14, och han fick väl egentligen inte lira ute utan målsman. I början kallade vi oss The Rockets Four Men, senare Jack and the Rippers som dock var upptaget av ett band nästgårds, ja i

Skutskär. Ironiskt nog började jag lira med dem under deras revival-period flera år från 1988.

Dubbleringar och trippleringar

Under 60-talet flängde vi omkring bland ungdomsgårdar och andra popställen bl.a. i Uppsala, Gävle, Sandviken, Stockholm och runt omkring i Uppland. Ofta skulle vi hinna med två eller tre olika ställen i Stockholm, kånka in och ut med prylar och fara omkring i den urbana miljön, där vi hittade lika bra som en full älg på IKEA. På något nästan helt övernaturligt sätt fixade vi spelningarna där, antagligen p.g.a. förstående arrangörer, som säkert var vana vid att tiderna inte alltid exakt kunde hållas av landsortsbanden. Det fanns en hel del ställen i huvudstaden, som HitHouse, SunSide, KingSide (på Kungsholmen), Nalen som ju var mycket speciellt, men även ungdomsgårdarna i Gubbängen och Fruängen m.fl. Det största stället var ändå Domino vid Hornstull, som drevs av kooperationen (Konsum/Coop) i Stockholm. Där lirade vi längre fram i handlingen, alltså i slutet av sextiotalet. Minns en speciell episod. Jag är där nere i logen av någon anledning tillsammans med en gitarrist som sitter och känner på sin gura. Jag kan inte låta bli att lyssna. Som antagligen en av landets minst kompetenta gitarrister, om jag får säga det själv, reagerar jag med häpnad, vad gör han? Färgade ackord med spännande klanger långt bortom de gängse enkla popgreppen. Han presenterar sig som George Wadenius, och bandet han lirade med hette Grapes of Wrath. Han förklarade för en kulturellt akterseglad, att det är originaltiteln på han John Steinbecks roman Vredens Druvor.

Frosts kyltransport

Ja när vi var unga och glada, så var vi mer än nöjda om våra sceneskapader hade gått runt rent ekonomiskt, ja alltså att resekostnaderna hade gått ihop. Alldeles i början gjorde vi upp med någon lokal taxiåkare, men sedan kom vi i kontakt med Allan Frost, som var en mycket trevlig egen företagare från Söderfors. Han hade sin verksamhet i Tierp. Det var en lindarverkstad, alltså han lindade elmotorer. En elmotor är ju en omvänd generator, med elektromagneter där själva magin sitter i en tätt lindad spole av koppartråd. Hur som helst, han hade en firmabil som var den klassiska modellen av folkvagnsbuss, VW-buss alltså. De gamla bilarna från den fabriken var luftkylda, till skillnad från de flesta andra bilar som är vattenkylda. Fördelen var att inget kylarvatten kunde koka över eller frysa till issörja. Det finns ju för- och nackdelar med allt utom med hakor, ju inte är en nackdel. I det här fallet så var nog kylningen helt OK, men uppvärmningen i bussens kupé krävde viss komplettering i form av pälsar och raggsockor. Dessa unga popsnören var pga bristande livserfarenhet och outvecklat ansvarstagande inte alltid så väl utrustade med polarvänlig resegarderob, varvid kylan under vinterturerna kröp in mellan märg och ben. Det låter som om vi var inspirerade av August Strindbergs Röda Rummet, men uttjänta trumstockar fick ibland tjänstgöra som ved, för att komplettera bussens värmesystem. Defrostertekniken var inte heller den så väl utvecklad, vilket var ganska vanligt bland flera bilmärken vid den här tiden. Därför kunde man på mackarna förse sig med eterspray, en genial uppfinning. Det innebar att man kunde spraya lite lätt på vindrutan, om man hade glömt bort hur vägen såg ut. Vid ett tillfälle, jag tror vi kom från kungliga huvudstaden, var alla trötta så endast föraren var vaken. Minns ej vem som körde, men om jag inte missminner mig helt, så hade denna spraybehållare råkat hamna under eller strax bredvid gaspedalen. Förarens tunga fot intog därmed dubbel gasfunktion. Allteftersom etergasen finfördelades i kupén, blev sömnen djupare och djupare, och höll även på att helt ta över förarens intresse för att styra ekipaget. Nåväl, denna fadäs upptäcktes som väl var i god tid, och kan så här efteråt upplevas som en komisk episod. En annan gång med Frosts kyltransport, som vi kallade detta fordon, hade vi utöver utmaningen med kupévärmen även problem med bromsarna. Detta bagatellartade problem upptäcktes, när vi en vinternatt var på väg hem från en ort i Uppland, om det var Gimo eller Österbybruk, där vi lirat. Ett bromsrör hade brustit. Hela vägen hem hade vi vissa problem med manövreringen av fordonet, eftersom dessutom vägen med råge höll absolut godkänd standard för både VM i konståkning och bandy-SM. Jag är i alla fall tacksam över att vi fick låna Allans VW-buss, och han körde själv i början och berättade en hel del roliga historier. Han var en mycket trevlig människa som tyvärr inte blev så gammal, efter att han drabbades av MS.

Egna bilar
Vi skaffade egna fordon, bl.a. en Ford Taunus buss som var så rostig, så Anders Willéns pappa, spelemannen Holger Willén, plockade ner hela fordonet och byggde en helt ny stomme, med sina yrkeskunskaper som svetsare. Fantastisk insats, all respekt!

Senare köpte vi en ljusblå begagnad telegrafbil, en Volvo sugga kombo, galt kanske man kunde kalla den för. En stor pjäs i pansarplåt av 1958 års modell med sexcylindrig sidventilare och vattenburna värmeelement!

Den gick fram som ett slagskepp, och var verkligen inte helt lätt att hålla på vägen, framför allt inte i vinterväglag, trots att vi hade finska sulor av märket Hakkapeliitta, men krängningshämmaren var kanske ur funktion eller ännu inte uppfunnen 1958?

The Spotnicks rymdinspirerade namn associerade till den första satelliten Sputnik 1 som Sovjetunionen ju skickade upp 1957. Joe Meeks fantastiska låt Telstar med the Tornados tog upp känslan från första telecom-satelliten 1962. Ett band i Söderfors, det gamla fina ankarbruket vid Dalälven i norra Uppland, kallade sig the Lunicks, efter ryssarnas månforskningssonder, som kallades Luna och Lunik.

Mycket ryskt i den annars så Amerika-inspirerade musiken. Jag tror vi alla var mer eller mindre inspirerade av den nya rymdåldern.

Söderfors på världskartan

Jag glömmer aldrig den första stora TV-sändningen över Atlanten via satellit 25:e juni 1967, där länder på bägge sidor det stora havet fick bidra. Från England var det direktsändning från inspelningen av *All You Need Is Love* med the Beatles, där även Mick Jagger, Keith Richards, Marianne Faithfull, Keith Moon och Graham Nash m.fl. hängde med i kören. Sveriges bidrag i denna helt unika världssändning var från Söderfors, där sexfaldige OS-guldmedaljören i kajak-paddling Gert Fredriksson från Nyköping forsande bars fram av Väster-Dalälven. Runt 500 miljoner tittare i värdens första satellitsändning fick helt plötsligt in Söderfors i direktsändning i sina tjocka TV-apparater. Märkligt, och den här historiska händelsen verkar inte finnas dokumenterad på nätet när jag skriver detta, men jag minns det.

Ja bandet i Söderfors kallade sig the Lunicks. Av någon anledning upplöstes bandet, och gitarristen Leif Ågren började med oss, som sångare. Han var smart nog att skaffa sig ett artistnamn, Ted Young. Vi kallade oss för **Ted and his Fellows**, och i

Fr. v. Sven Näslund, jag, Ted , Kwäsen och Anders

almanackan kunde man läsa 1964 och senare 1965. Medlemmarna i gruppen var: Sven Näslund bas, jag gitarr, Leif "Ted" Ågren sång, Curt "Kwäsen" Nilsson trummor och Anders Willén gitarr. Jag köpte Leffes röda gitarr, en Fender Stratocaster som jag mycket dumt nog gjorde mig av med senare...... Medlemmarna i bandet bodde både i Tierp och i Söderfors. Då blev det helt plötsligt så, att vi repade i Folkets Hus, Parkhallen, i Söderfors. Nu kom det gamla fina bruket in i mitt liv. Jag såg ju allting utifrån, men där fanns så klart även den beryktade bruksmentaliteten med sina hämmande konventioner, men också bruksandan. Jag upptäckte en ny värld, som jag gillade. Dessutom är den fysiska miljön helt fantastisk. Långt innan pratsång slog igenom, fanns där vitrappade smedbostäder på rad, och orappade slaggstenshus. Dessutom herrgården och den vackra älven, och där fanns ju även den tunga stålindustrin. Bruket gick för högtryck då, och många hade sin försörjning där. Cykelhandlare Manne Näslunds son Sven lirade ju med oss, och när vi inte lirade så festade vi. Vi var unga och odödliga, och vi hängde själva på Parkhallen ibland. Jag minns speciellt en gång när ett helt gäng sedan sov över i Svens rum, packade som sillar på golvet. Av ren tur lyckades jag undkomma en skur av oral sur uppstötning från någon som inte mådde så bra, förmodligen av någon i sammanhanget helt okänd anledning. Mittemot Cykelaffären fanns brukets café, där vi hängde ibland. Ja det var en speciell stämning, en speciell charm. Jag tror mycket av den sociala funktionen, som de gamla bruken en gång i tiden hade, fortfarande till viss del var närvarande och levande. Förr i tiden verkade bruken i sin egna sfär, med socialt ansvar för alla, dock med en tydlig klassdelning, där alla skulle veta sin plats, t.o.m. placeringen var man satt i kyrkan. Jag minns speciellt en kille, som antagligen skulle ha svårt att få jobb någon annan stans i en annan tid. Men där och då togs han omhand av bruket och alla, han var med i gemenskapen, hamnade inte utanför. Han var med när vi repade där, och lirade tamburin när vi uppträdde där. Han var Mr. Tambourine Man.

Det var en nyttig och lycklig tid för mig, jag byggde upp rutinen att lira i band. Vi spelade allt från rock, country till svulstiga ballader. Vi lirade en hel del i Gävle, men jag minns speciellt ett gig i Stockholm. Det var på en pråm som låg förankrad på Norr Mälarstrand och kallades för Liverpool Club. Stämningen var hög och haschröken låg tät. Från att ha åkt omkring i Frosts kyltransport, den kalla VW-bussen, kändes det bra att åka omkring i det stora tunga Volvo-monstret. Av någon anledning hade vi en gång fått körförbud på den, men det gjorde väl ingenting om vi smög omkring lite lokalt innan allting var fixat. Hur det nu var, så blev vi stoppade av polisen.

Vi torskade, inget att säga om det, vi hade oss själva att skylla. Efter några veckor ringer det hemma i vår svarta bakelit-telefon hos mamma och pappa. Det är min flera år äldre kusin Gunnar från Uppsala. Han var polis, och nu hade det här ärendet hamnat på hans bord, som han uttryckte det. Pinsamt, men så liten är världen. - Han lämnade dock den här tillvaron i förtid tyvärr, denne härliga människa. Minns när han berättade hur han drog på med den tunga hojen som MC-polis. Han berättade också hur han som grabb ställde upp för en mobbad klasskamrat, som han följde till och från skolan i Uppsala.

Killen med den vita gitarren
Vår kompgitarrist Anders råkade ut för någonting allvarligt och blev inlagd på Akademiska Sjukhuset

i Uppsala. Vi blev alla nu så klart mycket
oroliga, och åkte in dit för att hälsa på
honom. I den här vevan fick vi
kontakt med en annan gitarrist,
som hade flyttat in från
Forsbacka utanför Gävle. H a n s
namn hade jag svårt att uppfatta
först, Jorma Kujansuu. Det här var i
popens gyllene år 1964. Som väl var
blev Anders frisk igen. Till hans 50-årsdag
skrev jag om detta i sången *"Killen Med Den Vita
Gitarren"*, som jag berättat om tidigare. Hur det nu
var, så slutade Sven Näslund i bandet, och sedan
när Anders kom tillbaks, ja då hoppade Jorma över
till att spela bas. Han skaffade sig en tysk bas, av
märket Hofner. Den såg ut som en fiol, ja precis
likadan bas som en vänsterhänt kille från Liverpool
hade. Jag kom att bli mycket god vän med Jorma,
och vi skulle komma att lira ihop under många år.
Hela hans familj var spännande och vitaliserande,
eftersom de kom från en annan kultur, och han
hade fyra syskon. En av de allra första gångerna
som jag kom hem till Jormas familj, kommer hans
fyraårige lillebror Jari fram till mig i sin pyjamas
och ser illmarig ut och säger: "pillenuppen".
Mamma Eila hade gjort något som hette piirakka.
Jag hade ingen aning om vad det var, men insåg
senare att det var första gången jag åt pirog. Jorma
lurade med mig ner i källarförrådet en gång för att
studera hur långt pappa Armas vinjäsning hade
kommit. Den hade knappt startat.... Familjen
Kujansuu flyttade efter en tid till nybyggd villa i

Söderfors, där jag tillbringat många trevliga stunder med piirakka, bastu och musik. Jorma har betytt väldigt mycket för mig. Hans musikalitet imponerade och inspirerade, och han började dessutom skriva egna sånger.

Fr.v. Kwäsen, Ted, jag, Jorma och Anders

Leffe, alltså Ted, var mycket sympatisk, rolig och social, och han var en rutinerad sångare och född till artist, men någon gång 1966 fortsatte bandet som Fellows, och vi hade plötsligt en orgellirare i bandet. Det var det där underbarnet från musikavslutningen, där jag pinade mig igenom spelläxan med Tennsoldaternas Marsch. Roland Andersson hade en häftig orgel av märket Farfisa.

Foto: Arbetarbladet

Too Much

Till köpingen hade det kommit en ung engelsman. Han var ihop med en tjej från orten. Vi blev kompisar med honom, och av någon anledning föreslog han, att vi skulle byta namn och kalla oss Too Much. OK, så fick det bli, ett något udda namn, ja det stack ut på något vis. "Too much" är ett uttryck för något positivt, toppen, men kan ju även innebära att något blir för mycke'. Vår engelske kompis föreslog inte bara vårt nya namn. Han importerade också de vackra kläderna från Afghanistan som vi hade.

Han importerade en hel del annat exotiskt också från de fjärran trakterna. Men detta blev "too much" tyckte myndigheterna. Han fick senare lösa enkel biljett hem till England och har därefter helt gått upp i rök....

Roland Andersson var kanske med i bandet drygt ett år skulle jag tro, men sedan blev han rekryterad av ett konkurrerande band med något yngre medlemmar. Vet ej hur de kunde locka över honom, men han lirade sedan med Moonbeams.

Jag köpte ju själv en gul helbroderad afghanjacka, men den blev alltför varm att ha på scenen. Carola och Marianne, två tjejer som var ihop med varsin bandmedlem, sydde specialkläder för scenbruk. Vi hade även ljusshow, som vi fixade på ett kostnadseffektivt sätt. I samband med att Sverige införde högertrafik den tredje september 1967, måste samtliga bilar byta glas i sina billyktor, från vänster- till högerasymmetriskt glas. Det innebar att det fanns tonvis med kasserade bilglas, ja man bytte hela insatsen, alltså både glas inklusive reflektor. Vi införskaffade ett antal kasserade billyktsinsatser, och kopplade ihop dessa till ett antal strömbrytare på en planka, och så skruvade vi i färgade glödlampor i strålkastarna. Vår eminente ljussättare Gunder Svensson skötte ljussättningen manuellt med den äran. Vi hade lyft våra scenframträdanden till högre nivåer.

Hårdvaran,
alltså utrustningen, var viktig för ett band, även om mjukvaran ändå var grunden: Musiken, låtarna, sången. Ljudet var ofta uselt, banden hördes dåligt och framför allt brukade sången drunkna i det övriga. Dessutom hörde man inte själva vad man höll på med på scenen. Beatles var ju fantastiska med allt, inte minst med att genom sin rutin fixa sina gig, där de ju i början lirade helt i dövo. Men det fanns en skicklig man som verkade i de yttre södra delarna av huvudstaden. Han lyckades konstruera en för den tiden helt fantastisk sångljudanläggning. Han drev även en av de häftigaste musikaffärerna i landet. Där i Fruängen hängde vi ibland, i den butiken.

Dieke Musik
hette den där musikaffären. Minns killen med den bakåtkammade raggarfrisyren, som alltid stod bakom disken, Benny Englund eller Bensan som

han kallades. Han kom i framtiden att bli en av Sveriges största musikinstrument-importörer. En speciellt spännande grej med den här affären var, att de även hade en egen inspelningsstudio. Dieke själv såg man sällan till, han hade nog fullt upp med att sköta driften och med att konstruera sin egen ljudanläggning, som fick heta *Ackuset*. På något underligt sätt, och med mycket hedrande målsmannaansvar från trummisens pappa, lyckades vi signera ett avbetalnings-kontrakt på en komplett Ackuset-anläggning, 1964 eller om det var 1965. Detta var det bästa man kunde ha vid den tidpunkten, även the Who lirade med Ackuset. En av de bästa konserter jag varit på någonsin minns jag från Skogsvallen i Östervåla, när ett annat engelskt band, the Hollies med Graham Nash, lät sin stämsång nå fram genom *Ackuset*. Hemligheten var väl, att man i denna anläggning kunde skruva fram mellanregistret, en tidigare mobbad sfär i ljudbilden, och helt plötsligt hördes sången. Senare tiders utveckling inom området får det här soundet att framstå, som om man kopplat ihop en smart telefon med en full diskmaskin. Men då var det helt fantastiskt.

Hur märkligt det än kan låta, så fick vi så småningom problem med att leverera de månatliga belopp som stipulerades i avbetalningskontraktet. Efter ett tag lät butiken i Fruängen meddela, att vi skulle få besök. Vi samlades i replokalen, en gammal skola i utkanten av Tierp. Gitarrsträngarna darrade i kapp med popsnörena själva, där i väntan på sanningens minut. Då plötsligt glider det in en stor svart amerikansk bil på Svanbyskolans gård. Ut kliver den redan legendariske direktör Dieke i egen hög person. En mycket trevlig och givetvis förstående man, han var ju musikhandlare. Avtalet omförhandlades på något vis, han drog hem och prylarna blev kvar. Ett riktigt guldminne.

Dave Clark Five och Spotnicks

Pingstdagen den 17 maj 1964 åkte jag från Stationsgatan 10, downtown Tierp city, till legendariska "Folkparken" Skogsvallen i Östervåla, för att med min lilla enkla dubbel-8-kamera filma Dave Clark Five från London, som nyligen haft en världshit med låten *Glad All Over*. Som mentalt stöd och side kick hade jag med mig min kompis Anders Willén. När vi går in back stage kommer glade och trevlige klaviatur-liraren i DC5, Mike Smith, fram och hälsar glatt med orden "Hello fellows!" Så kom bandnamnet Fellows till, och vi kunde senare på kvällen nöjda åka hem "Glad All Over"! Filmen blev bra, liksom den jag spelade in med Spotnicks, men alla filmer är dessvärre sedan länge borta tillsammans med 60-talet....

Göteborgsbandet The Spotnicks blev ju den första svenska gruppen som slog igenom internationellt, något som en svensk TV-serie, "Det Svenska Popundret", helt höll på att missa. Det som fascinerade mig, utöver den instrumentala elgitarrmusiken, var deras rymdimage. Mycket påverkad var jag av Sputnik 1, som jag ju faktiskt själv hade sett dra fram på relativ låg höjd över himlavalvet, då dess metallhölje reflekterade solen hösten 1957. Jag var också mycket imponerad av att de spelade in sina första skivor själva. Att höra deras The Rocket Man, Hava Nagila och Orange Blossom Special via Radio Luxembourgs mellanvågsbrus förstärkte den mystiska rymdkänslan. På väggen i mitt pojkrum i Tierp hamnade sedan LP-omslaget till The Spotnicks In London, Out A-Space.

Jag såg bandet flera gånger, varav två gånger på Skogsvallen i Östervåla, där jag första gången filmade, och andra gången visade filmen för dem. Bandledaren Bosse Winberg var ju utöver en mycket skicklig gitarrist, även en utomordentligt bra tekniker. Han svarade för inspelningarna, och han byggde dessutom själv merparten av scenljudanläggningen. Han hade till och med tillverkat deras ekomaskin, alltså en apparat som på konstgjord väg skapar olika typer av ekoeffekter. Hans egenhändigt tillverkade stora ekomaskin, som var hjärtat i Spotnicks ljudbild, hade sedan sist blivit stulen. Andra gången jag besökte bandet back stage på Skogsvallen, satt Bosse länge och betraktade sin stulna ekomaskin på min film.

Våren 2020 hade hela originalbesättningen på Spotnicks rymdskepp lämnat vår planet för alltid, men de finns kvar på hedersplats där i mitt inre musikarkiv, tillsammans med musik av helt annat slag....

Radio Luxemburg

som ju betydde så oerhört mycket för mig, sändes över mellanvågsbandet på 208 meter, långväga radiovågor från storhertigdömet Luxemburg, inklämt mellan Belgien, Tyskland och Frankrike. På kvällar och nätter kunde man även här i Sverige lyssna på de engelskspråkiga sändningarna. Dessa var reklamfinansierade, och storfursten av Luxemburg hade inget emot detta och drog därmed fördel av att vara före sin tid. Reklamradio i Storbritannien kom inte förrän 1973. Den legendariske radioprataren Bob Stewart, som jag sjunger om i *Unga och Vackra* (även *Young and Beautiful* med Stardust Revival), drunknade ibland i det vita, eller om det var rosa bruset, som var så karaktäristiskt för deras sändningar upp till mellan-Sverige, vilket bidrog till att göra lyssnandet än med intressant, och gav musiken ytterligare en magisk dimension. Ja man fick problem när man slogs om utrymmet i etern med andra stationer i jonosfären på grund av den höga effekten, den så kallade "Luxemburgeffekten", eftersom normala stationer inte borde sända så långt. Hur som helst, Big L kom att betyda oerhört mycket för mig, det var där genom bruset som "A Whiter Shade Of Pale" med Procol Harum först nådde mina öron, liksom Buffalo Springfields protestsång med Neil Young och Stephen Stills, för att nämna några.

Även om många senare har hävdat att Sverige på den gamla goda tiden fram till 80-talet var en del av Öst-Europa, om än en fri och fungerande stat, så var vi ju befriade från reklam i radio och TV, på gott och ont. Radio Luxemburg hade ju reklam i sina sändningar, men det kom även två svenska riktiga piratstationer som sände från båtar på internationellt vatten i Östersjön: Radio Syd och Radio Nord. Jag lyssnade dagtid på 495 meter mellanvåg där Radio Nord höll till, och som hördes alldeles utmärkt i Uppland. Då kom den statliga radion med sitt motdrag, och startade Melodiradion, som blev en klar succé. Man började i P2 1961 och flyttade därefter över till P3 år 1966. De första programledarna med rock och pop i Sveriges Radio var Klas Burling och Carl-Eiwar Carlsson. Minns mycket väl den sympatiske Carl-Eiwar när han var konferencier på Nalen, där vi alltså lirade redan 1963, som jag tidigare berättat.

Jag tror det stod 1967 i almanackan när vi åkte till huvudstaden och köpte en stor amerikansk kombi, eller herrgårdsvagn som man sa då. Det var en grå Chevrolet Parkwood tillverkad i Kanada. Den hade originalradio, något som var nytt i min värld. Den gungade skönt över vägbanans ofullkomligheter,

Curt Nilsson, jag, Jorma Kujansuu och Anders Willén

och kändes helt fantastisk, och den spann som en stor katt med sin V8-motor. Till denna tingest köpte vi ett begagnat täckt släp tillverkat i Spånga med svenska flaggan målad ovanpå. Vårt bandnamn *Too Much* lät vi framställa tydligt med vita bokstäver mot svart botten på sidorna av släpet.

Den äldre generationen på den tiden var av kultur- och skolpolitiska skäl inte så allmänt bevandrade i det engelska språket, så bandnamnet kunde ställa till med huvudbry. Minns en gång när vi tankat, att det handskrivna kundnamnet på kvittot blev "100 Muck", och en annan gång fick vi heta "Too Muca" med bokstaven C bak-och-fram. Ja engelska namn skulle det ju vara på ett popband, och sjunga på engelska var kutym fram till att en kille från Västerås ändrade den attityden.

Vår vilda psykedeliska pop-rock
Bandets eminente trummis var även en fantastisk entertainer. Han kunde lämna trummorna och ställa sig som frontman, och underhålla genom att bara äta ett äpple. När han med sitt gummiansikte

arbetade sig igenom denna frukt, tjöt publiken av skratt. Så visst blev det show där vi lirade, med medryckande ljussättning, självsvängande gitarr-återkopplingar, ja man kan säga att vi var ett psykedeliskt pop-rockband med influenser av bl.a. Cream, Hendrix och Who. Jorma hade redan börjat leverera egna låtar, som vi givetvis utökade repertoaren med, och vi blev nog ett av de populäraste banden i Uppland och Gästrikland, speciellt efter det att vi gick till finalen i *Sveriges Radios Popbandstävling* 1967. Det var en tävling som kan jämföras med senare tiders TV-tävlingar

Foto: Erik Berthel

som t.ex. Idol. Vi tävlade mot 521 band i hela Sverige. Det blev tre direktsändningar: Kvartsfinal, semifinal och final. Samtliga program sändes direkt i Sveriges Radio P3 från Galejan på Skansen i Stockholm med Robert "Robban" Karl Oskar Broberg som programledare. Det här var innan P4, så de flesta runt om i landet lyssnade. Nu är P3 en ren ungdomskanal, men de har inget guldläge för att hänga med utvecklingen, som till vissa delar går åt fel håll, men jag har kanske missuppfattat det hela. På 60- och 70-talen var den stora kanalen mycket populär, och vi var enbart stolta och glada över att få vara med där.

Äventyret startade med, att vi fick ett brunt kuvert som det stod Sveriges Radio på. Det var en inbjudan till en första uttagning till den stora popbandstävlingen. På den tiden tillhörde vi i norra Uppland radions Gävle-Dala-distrikt. Vi anmodades, om vi var intresserade, att inställa oss i Folkets Hus i Falun för audition. Året innan hade ett band från Dalarna, närmare bestämt från Vansbro, gått vidare till kvartsfinal härifrån. De vann hela tävlingen också, Slam Creepers som de hette med han Björn Skifs. Så vi for till Dalarna en mulen dag, och infann oss i en heltråkig lokal för att bli inspelade, så långt ifrån glamour och popkänsla man kunde komma. Hur det än kom sig, blev vi uttagna att representera vårt distrikt.

Under direktsändningen i finalen, som sändes den 22:a augusti 1967, släppte den tunna E-strängen från sitt fäste högst upp på halsen (sadeln) på min Fender-gitarr. Det kändes som om hela strängen bara försvann, så jag trodde den gick av. Då brukar gitarrer stämma ur sig. Jag blev så klart stressad, och den känslan spreds som ett virus i bandet. Svårt att vinna ett lopp när förutsättningarna fallerar. Vi var fyra band som hade gått till final. Göteborgsbandet Lucas vann, därefter kom ett band från Luleå som hette Plupps och på tredje plats hamnade Blues Quality från Örebro. Vi hamnade i alla fall på fjärde plats i ett race där vi alltså gick till final i konkurrens med 521 band från hela Sverige. Vi hade tidigare lirat ihop med Lucas på Nalen, och året efter radioäventyret lirade de trevliga göteborgarna i våra hemtrakter, och de passade då på att hälsa på mig och min lilla familj i vår etta på Mattiasgatan 5 i Tierp. Gruppens pianist och sångare blev senare Janne "Lucas" Persson med hela svenska folket.

Under varje direktsändning av Opopoppa, där popbandstävlingen ingick, lirade alltid någon etablerad popakt. Jag har ett speciellt minne från den där ödesdigra finalen på Skansen. Mellan genrepet (generalrepetitionen) och sändning gick vi runt på Skansen tillsammans med duon Hansson & Karlsson, som lirade den kvällen i samma program. Dessa herrar var ju en fröjd att lyssna på, och de var mycket trevliga att gå tillsammans och snacka med där, när vi kopplade av från sändningen. Bo Hansson med sin Hammond och Janne "Loffe" Carlsson med sitt skramlande, som han själv brukade säga om sitt virtuosa jazztrumspel, blev goda vänner med Jimmy Hendrix, som dessutom tolkade en av deras låtar, Tax Free. Bosse gjorde ju senare internationell karriär med sina soloalbum, där han tolkade Sagan Om Ringen, och Janne blev som "*Loffe*" folkkär på film och TV.

Öhrström och Hasse Hep

Några dagar efter den stora popbandstävlingen i P3 hörde musikprofilen Bill Öhrström av sig till oss. Han extraknäckte antagligen då som talangscout/producent för något skivbolag, alternativt att han frilansade. Denne unge man ville att vi skulle komma till Stockholm och spela in i en studio för en eventuell platta. Vi åkte då in till en adress som han hänvisade till, en liten studio i Huvudsta i Solna. Det var Hasse "Hep" Östlund som drev den anläggningen. De bägge stående enkanaliga Ampex-maskinerna spann fint, och målet var ju en mono-singel. Första gången jag upplevde riktig stereo var när vi lyssnade på Beatles mästerverk *Sgt. Pepper's Lonely Hearts Club Band*, som kom ut samma år. Våra inspelningar gick bra vad jag kan minnas, men de blev ofullbordade. Antagligen fick Öhrström inte napp från något bolag, och det hela rann ut i sanden. Vi jagade heller inte något bolag själva, vilket kanske var dumt.

En liten kurios berättelse om denne Hasse Hep känns lämplig att lägga till i sammanhanget. Några personer som gick på realskolan hade sett en stor märklig farkost smyga fram på småvägarna vid Tierps-prärien. Ett stort vidunder som det stod "Hepstars" på. Ingen fattade någonting, men så småningom blev ett popband från Stockholm mer och mer känt under detta märkliga namn. Det visade sig nämligen, att Hasse Heps föräldrar hade ett sommarhus utanför Tierp. Han hoppade emellertid av i ett tidigt skede i bandets karriär, och ersattes då av en kille som lystrade till namnet Benny. Minns jag såg Hepparna på idrottshallen i Månkarbo en gång med han Benny, som då lirade på en liten grå Hohner-orgel. Jag såg Hepstars många gånger på Folkparken i Gävle.

Sommaren 1967, "Summer of love" respektive den "Långa, heta sommaren", två samtida fenomen som stod emot varandra. Man kunde åka till San Fransisco med blommor i håret eller till Detroit och hamna i raskravaller. Här i trygga Sverige levde vi fortfarande i vår lilla ankdam, vid sidan av den stora stygga världen. Jag hade ju inte fattat att jag skulle plugga, men klarade mig som jag skrev tidigare, ändå igenom realskolan utan att läsa läxorna. Mina föräldrar blev ju i alla fall inte rika på sina studier tänkte jag. Ja jag har funderat mycket över varför jag gjorde som jag inte gjorde. Men å andra sidan, hade jag gjort annorlunda hade jag inte blivit den jag blev, jag menar jag hade blivit en helt annan person, och egentligen trivs jag ganska bra med det här galna popsnöret trots allt, trots alla tvivel, trots mina svårigheter att anpassa mig, trots ångest och besvikelser. Men vad är framgång, är det samma sak som bra livskvalitet? Och, jag hade aldrig kunnat skriva de sånger, som jag i mogen och reflekterande ålder har skrivit.

När jag sitter där i Chevan, då vi rullar hemåt till Tierp från finalen på Skansen i den svarta augusti-natten, med musiken från radiosändningen ringandes i öronen, grubblar jag över hur mamma och pappa ska reagera, när deras ansvarslöse 20-årige slyngel till son, ska berätta den stora nyheten? När de får veta att de ska bli farföräldrar? Den känslan var jag inte alls bekväm med.

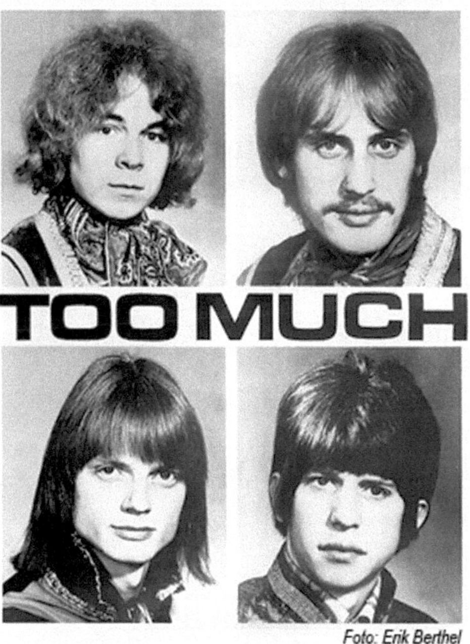

Foto: Erik Berthel

Erik och Daisy Berthel var ett konstnärspar i Tierp som drev en fotoateljé och presentshop. Vi ungdomar fick bra kontakt med dem, ja vi var på samma våglängd, det kändes direkt. Erik tog flera bilder på vårt band, bl.a. bilderna till den här affischen.

Vågorna

(Text och musik: Magnus Wir=Sven-Magnus Wirbladh)

Vers 1

Det finns ett nu, det finns ett då
himlen kan inte, alltid vara blå
våra ord, och våra stunder
existensens, eviga under

Vid din sida, du tog min hand
över tunna isar
genom okänt land

Refr.:

När vågorna, bryts mot stranden
blir det alltid, avtryck i sanden

Vers 2:

Jag anar nu, jag ser ett mönster
när jag står här, och ser ut från mitt fönster
det finns ett samband, mellan olika tider
Det finns en mening, med att du lider
men missa ej, det centrala i livet
att längta till något, ta ej allt för givet

Från albumet *Alla Dessa Dagar*

KAPITEL 6

En ung man

Efter några dagar blev jag tvungen att berätta. De visste förstås att jag hade flickvän, och de hade träffat denna mörkhåriga skönhet. Jag var ju orolig över deras reaktion, men de var moderna i tanken och godhjärtade i sinnet, så det var lugnt men ändå omvälvande, antagligen mest för mig och Iréne. Abort kändes inte som någon bra lösning, barn hade kommit till världen tidigare, även i mer prekära situationer. Farmor och farfar kom att ta emot vår lilla Thérèse med öppna armar. Varje sommar som liten var hon med sina farföräldrar i deras stuga på Oknö utanför Mönsterås. Det blev nästan i överkant, så att vi saknade den lilla.

Det är inte lätt att skriva ner sitt liv. Att helt lämna ut sig själv och andra vill jag inte göra. Kärlek och relationer är svårt, men brukar bli bättre med åren. Att vara en ung grabb på väg in i mansrollen har nästan halva befolkningen varit med om, så det är ju ingenting unikt på något sätt. Jag var ju svag för tjejer redan som liten snorunge, märkligt men vi är väl förprogrammerade på något sätt, både fysiskt och mentalt. En bieffekt av att lira med ett popband upptäckte jag, var att det var lätt att få kontakt med tjejer. Jag var däremot inte med i ett band för att få "brudar", det var musiken som triggade mig. Det finns nog de som börjar lira av den anledningen, men de håller nog inte på med musik så länge, vad vet jag?

En vacker tjej, som jag träffade vid en spelning i Skutskär, blev jag tillsammans med. En mörkhårig skönhet från Furuvik. Någon kompis ville väl skojtracka mig, och undrade om jag var ihop med en apa, med tanke på den stora djurparken där, men det var så långt från en sådan man kunde komma. Det här måste ha varit 1965, när jag lirade med Ted and his Fellows. Jag måste ha varit ovanligt knäpp när det gäller mina förhållanden med det motsatta könet. Jag ville inte utnyttja någon tjej, och det kan jag tycka så här efteråt, är något att vara stolt över. Men, jag har ändå ständigt malande dåligt samvete, som klängt sig fast under alla år. Tur att jag inte har varit en don-Juansk alfahanne i alla fall, men då kanske jag hade varit befriad från den här typen av tankar?

"Hur far tankarna, när man är arton,
vet man då vem man är?
Är nog mest rädd, för att bli vuxen,
och fastna i framtiden redan där."

De raderna är från min sång *Det Går Ej Att Spola Tillbaka Tiden*. Jag fick kalla fötter, någon form av panik för vuxenvärlden, och gjorde slut med denna fina vackra unga dam. Hur dum, egoistisk och idiotisk får man vara? Då tänkte jag, någon sorts enklare tankeverksamhet i alla fall, att nästa tjej jag blir ihop med ska jag inte lämna.

Det fanns unga damer både hemmavid och när vi var ute på gig, och i Tierp fanns även döttrar till stockholmare, som blivit med sommartorp i den norduppländska leran. Minns en gång när vi lirade i Sandviken, tror det var i IOGT-lokalen där, och det var ett par killar som artigt kom fram till oss och frågade, om de fick underhålla i pausen. Javisst, det gick ju bra. Jorma hävdade några år efteråt, att en av de måste ha varit en då helt okänd Tomas Ledin. Jag missade uppträdandet eftersom jag var ute och vänslades med en tjej. Märkliga minnen som dyker upp.

I Tierp var det två skönheter som utmärkte sig speciellt. Det var nämligen dubbel uppsättning, två likadana unga damer som ibland dök upp på trottoarerna i centrum. Hur det nu var, så hamnade jag en kväll i järnvägsparken, där det var en hel del ungdomar. Jo då, de där snyggingarna var där också. Det fick räcka med en av dem, eftersom den andra redan var upptagen :) Gunder, han som kom att bli ljussättaren i bandet, var ihop med Marianne, och jag blev ihop med Iréne. Hon och jag kom att ha ett fint förhållande.

De här bägge var, tillsammans med deras storasyster, fosterbarn hos ett par som bodde på landet. Deras biologiska mamma var död, och fadern hade inte möjlighet att ha vårdnaden själv, enligt myndigheterna i alla fall. Han tillhörde ju resandefolket. Han levde mycket därför ett tungt och utsatt liv, miste sin fru, och blev därmed även av med sina små älsklingar. Denne man, Leo Brandin, var kusin med en av Sveriges största och mest folkkära artister, som turnerade från fem års ålder 1898 fram till 1962, Calle Jularbo.

Dragspelskungens kusinbarnbarnsbarn och mitt barnbarn Astrid, som fick sitt namn efter min mamma, begåvades med stor musikalisk talang som sångerska, låtskrivare och även med trygga artistnerver när hon uppträder till eget ackompanjemang på sin röda halvakustiska elgitarr. Hon upptäcktes av ett musikbolag i Korea, som bjöd ner henne till Seoul för skiv- och videoinspelning. Den egna låten *New Beginning* blev mycket populär och streamades åtskilliga gånger runt hela planeten. Den stora förebilden Billie Holiday inspirerade till artistnamnet Astrid Holiday. Brodern Petter har också fått musiken i sina gener.

Så fort Marianne och Iréne hade slutat skolan, skulle de jobba. De skickades bryskt från familjehemmet till syfabriken i Örbyhus, där de vantrivdes något fruktansvärt. Jag och Gunder var ofta där och hälsade på, och jag tyckte det var hemskt att se, hur illa de mådde av den här situationen. En sen kväll när Gunder och jag skulle åka hem, blev vi stoppade av polisen. De ville väl se vad det var för busar som gjorde orten osäker.

Jasså är det du, sa den ene polisen till mig. Det var min kusin Gunnar. Så småningom slutade de på syfabriken, och Iréne började som au pair i Uppsala. Våren 1967 hängde jag hos henne där, och vårkänslorna flödade tydligen över. Den sista januari 1968 var jag och hälsade på goda vänner i Svanby, en stadsdel i Tierp. Där ligger även sjukhuset, och på den tiden fanns där en BB-avdelning.

Min mamma visste tydligen var jag var, eller gissade, för hon ringde och fick tag på mig. Hon berättade att de hade ringt från sjukhuset, och de tyckte att jag borde komma dit. Jag sprang direkt iväg, och gjorde antagligen personbästa på den distansen inklusive medaljkänning i allmän hinderlöpning. Att vara med när ett nytt liv kommer till världen, lämnar nog ingen oberörd. Ett bestående minne och en unik känslokaskad. Sedan får man ju funderingar om hur allt är ordnat i naturen. Hur vi kan skapas, och vilka parametrar som styr för släktets vidarelevnad. Är vi bara verktyg som vi inte styr över själva? För jag minns när hon nyligen var förlöst, hur vacker hon var, denna mycket unga kvinna, som givetvis även hade inre kvalitéer som drog mig till henne.

Programledare för Opoppoppa, programmet i P3 där den där radiotävligen ingick, var den populäre Robban Broberg. Denne mycket sympatiske man hade samma år en stor hit med sin sång Maria-Therese. I hela det sammanhanget inspirerade den sången oss till att döpa vår dotter till Maria Thérèse, med tilltalsnamnet Thérèse.

Min älskade dotter Thérèse kom även hon att sjunga och skriva egna sånger, och som Tessa's Holiday blev hon 2007 publicerad på nätet från Amerika. Billie Holiday inspirerade både mor och dotter. Denna solstråle tillförde en ny dimension till våra unga liv. Först skaffade vi en etta, och sedan en tvårummare i Tierp. Mina föräldrar bodde fortfarande kvar på orten fram till 1971, då mamma gick i pension.

I februari 1968 lirade vi på Kåren i Stockholm. När vi rattade oss igenom huvudstadens gator, blev det tvärstopp. Ett stort fackeltåg spärrade vår framfart. Detta var en del av den internationella samtidshistorien som vi fick vara med om. Det var Olof Palme som emot gängse diplomatiska protokoll gick i spetsen för en demonstration mot kriget i Vietnam. Han gick där tillsammans med Nordvietnams Moskvaambassadör. Vårt band Too Much upphörde på sommaren 1968, blev väl lite knepigt att fortsätta med folk som skulle plugga i Uppsala eller in i lumpen.

Första Norgeresan

Redan första sommaren tog vi med oss vårt lilla pyre, som alltså inte var mer än ett halvår, på semesteräventyr till Norge. Med vår mörkblå Volvo 544 med B16-motor styrde jag mot Orkanger utanför Trondheim. Vet inte hur vi tänkte, men resan gick bra. Det var nämligen så, att systrarna Brandins fostermamma kom från Norge, och nu skulle vi hälsa på hennes släktingar. Det blev en fin upplevelse.

Lumpen

I början av augusti 1968 inställde jag mig som värnpliktig soldat hos Kungliga Upplands Signalregemente S1, som då låg i Uppsala. Jag gillade inte den militära idén, men det var svårt att få vapenfri tjänst. Grundutbildningen hade knappt påbörjats, förrän vi natten mellan den 20:e och 21:a augusti blev väckta för uppställning på kaserngården. Delar av militäralliansen Warszawapakten med Sovjetunionen i spetsen, hade invaderat en allierad stat, nämligen Tjeckoslovakien (Tjeckien och Slovakien). Anledningen var den så kallade Pragvåren, då generalsekreteraren i det tjeckoslovakiska kommunistpartiet Alexander Dubček började föra en öppnare politik. Läget hade nu blivit mycket spänt i Europa, och våra kära officerare funderade på att skicka oss till kusten, som en del i ett beredskapsläge. Som tur var gjorde de inte det. Den enda kompetens vi ditintills hade tillskansat oss, var att kunna sova stående i matkön. Men det där var en obehaglig känsla, när vi är samlade där i nattmörkret på kaserngården, och känner den kalla vinden från östblocket.

Betydligt fredligare var det, när vi en regnig höstdag ställde upp för cykelmarsch till skjutbanan. Den kalla vinden i det regnblandade snögloppet var av meteorologisk art, men ändå nog så närvarande. Jag kände mig ruggig, som om jag höll på att bli sjuk, där i min mossgröna klädnad, så jag fällde faktiskt ner öronlapparna på min M-59 sommarfältmössa. Flera av mina kamrater tyckte också det var en lämplig åtgärd, för att dämpa den snålkalla vinden vid de yttre hörselorganens skinnparaboler. Sergeanten som basade över oss var dock av en helt annan uppfattning, så han beordrade "Öronlappar upp". De flesta hörsammade denna order, emedan några tappra soldater tvekade. Efter att vår överordnade upprepat denna order, återstod endast en rebellisk småbarnspappa från Tierp. Denne blev då personligt uppvaktad av den unge sergeanten med ett förtydligande av instruktionen. Denna order hörsammades dock ej av den obstinate unge rekryten. Cykelmarschen genomfördes trots denna fadäs, och vi pangade på där för fullt. Trots att jag utnyttjade min huvudbonad till full kapacitet, även om det var emot protokollet, kände jag ett tilltagande halsont. Efter ett tag kände jag mig riktig febrig och sjuk. Då tillkallades fältambulans med vilken jag fick åka till regementssjukhuset. Jag blev väl omhändertagen och fick ligga där flera dygn. Den stackars sergeanten hade dock gått vidare med en anmälan om den där händelsen inför cykelmarschen till skjutbanan. Några dagar efter att jag blivit utskriven från sjukan, fick jag min dom för ordervägran: Åtta dagar i buren, ja alltså i regementets fängelse. Som ung hade jag den naiva uppfattningen, att om man skrotade alla vapen, skulle världen bli en bättre plats. Jag drömde det var fred på jord, och alla krig var slut, nej jag drömde inte det, men önskade att det var sant, precis som i den texten ur en aktuell sång vid den tiden. Med åren har tyvärr den tanken tynat bort, och insikten klarnat, om att människan som art långt ifrån är färdigutvecklad mentalt.

Min tveksamma inställning till det militära, och de facto att jag i min roll som farsa blev mera självsäker, gjorde att jag bara inte kunde köpa den här domen rätt av. Skulle man ha ett militärt försvar, och göra pojkar till män, så skulle man väl inte hålla på med meningslösa excesser. Varför var det så viktigt med helt enhetlig klädsel denna gråa höstvinterdag, när vi bara ställde upp för cykelmarsch? Den enda publik vi hade var en civilanställd förrådsarbetare, som antagligen hade fullt upp med att ha koll på cykelförrådet. Jag tyckte det var på en så pass löjeväckande nivå, så jag tog kontakt med Aftonbladets lokalreporter i Uppsala. Jag mötte honom en kväll, på stan. Jodå, han nappade, och jag hamnade på första sidan. Damerna i kiosken på regementet sken som solar när de fick se mig, ja jag ville ju så klart själv köpa ett ex av tidningen. Dagen efter blev jag kontaktad av något befäl, som sa att jag hade besök på markan, alltså caféet för oss värnpliktiga. OK, jag gick dit, och där var ett par personer från

Expressen. Dagen efter var jag på baksidan av den kvällstidningen. Jag blev "Öronlappssoldaten" för några dagar, t.o.m. Hasse Alfredsson nämnde denne svårdresserade figur vid något humorinslag i radion. Jag minns inte riktigt alla turer så här långt efteråt, men på något sätt överklagade jag domen på åtta dagar, och blev då erbjuden offentlig försvarare. Envis och tjurskallig som jag då uppenbarligen var, avböjde jag detta erbjudande, som jag också tyckte var överdrivet och onödigt. Jag kan väl tala för mig själv tänkte jag, vilket jag också gjorde. Förhandlingen ägde rum i rådhusrätten i stan, men med eskort av militär personal. Jag fick ner antalet dagar till tre, och dessa avtjänade jag alltså i regementets fängelse. En dagcell med skrivbord och ostoppad trästol och lampa, och mat genom lucka i dörren. Rastning på fängelsegården med vakt. På nätterna fick jag ligga i en mörklagd cell möblerad med en säng. Ytan på respektive cell var två gånger tre meter. Bältet till byxorna tog de undan av säkerhetsskäl. En intressant erfarenhet, kuriost på något sätt, och en helt överkomlig kur för en som inte höll sig till protokollet. Jag är tacksam över att ha vuxit upp i detta humana land, med en tradition av att kunna protestera, och med proportionerligt repressiva åtgärder. Jag blev senare uppkallad till bataljonschefen, en bredväxt äldre officer av majors grad. Han ville bara säga, att han respekterade mig, därför att jag hade kurage och stod för min sak.

Längre fram på hösten blev vårt kompani uttagna att vakta kungens slott. Med vita damasker, vit hjälm, grå uniform av modell M-58 och K-pist skarpladdad med 37 skott vill jag minnas, och med lång bajonett, stod jag där sedan under Allhelgonahelgen 1968 mitt framför kungliga slottet i Stockholm under tvåtimmarspass på dagarna och fyratimmars pass om nätterna. Därifrån min postering, minns jag mycket väl, att jag kollade in en grön neonklocka hemmahörande på varuhuset NK. Den verkade vara nysmord varje natt med bromsolja. På dagarna kände man viss facklig samhörighet med aporna på Skansen. Jag är inte aktiv royalist, men ändå traditionalist. Där fick jag vara med i ett historiskt sammanhang, en länk i den svenska monarkin. Varje postering hade sin ramsa att säga vid inspektion från vaktchefen och patrullen. Min ramsa var: "Post nummer fyra, jag bevakar logården samt trappan ner mot Skeppsbron." Den där Allhelgonahelgen for det blöta snöflingor i luften, och det blåste iskallt. Jag stod i le, men grabbarna som hade posteringen på Lejonbacken blev sjuka efteråt, för där piskade vinden på ordentligt. Vi fick ju höra anekdoter från tidigare högvakter, om någon som hade råkat kvadda en bil genom att avfyra sitt vapen, och vid de ceremoniella uppställningarna inne på borggården ska en av mannarna ropa: "Första avlösningen utgår", men någon gång hade det visst blivit lite bakfram med det där.…

Muck

I april 1969 muckade jag, och eftersom jag fortfarande inte hade fattat att jag borde plugga vidare, tänkte jag att det kanske kunde vara OK att jobba på ett tryckeri, det fanns ju två stycken på orten. Det här var antagligen historiskt Sveriges bästa tid, då det fanns arbete för alla, och välfärdskurvan ständigt pekade uppåt. Sverige hade gått från att vara ett av de fattigaste länderna i Europa under artonhundratalet, till att bli det rika föregångslandet med de sociala reformerna, och det fruktbara samförståndet mellan arbetsgivare och arbetstagare. Från mitten av 1800-talet till tidigt 1920-tal, utvandrade ungefär 1,5 miljoner svenskar som flyttade främst till USA för en bättre framtid. En fredag tror jag det kan ha varit i maj 1969, knackade jag på hos disponent Georg Wahlström på Tierps Tryckeri, för att fråga om jag kunde börja jobba där. Han svarade ungefär "Kom tillbaks på måndag morgon klockan 7." Jag började då som tryckarlärling i den nya moderna tryckmetoden som kallades offset. Det var en brytningstid tekniskt sett, eftersom sättningen fortfarande gjordes i bly. Jag var t.o.m. med om att smälta blytackor någon gång, när jag inte hade tryckning. Stämpelur och löning på fredag, kontanter i ett brunt kuvert, det var tider det. Härliga arbetskamrater, och jag trivdes helt OK. Vi flyttade från vår etta till en tvårummare på Rådhusallén 15 B. På den adressen hade vi ett bra familjeliv tillsammans, och det kan ha varit där som vi upplevde månlandningen på vår svartvita begagnade TV den 20:e juli 1969. Jo den där historiska händelsen kom indirekt att påverka mig längre fram.

Existentiell råsop

Jag har ett tungt minne från tiden, då vi bodde på Rådhusallén i Tierp. Jag drabbades av någon form av tung förtvivlan. Det var någonting som handlade om vårt förhållande, att det inte kändes hållbart. Jag tvivlade antagligen i första hand på mig själv, men också på vårt förhållande, och varför skulle hon hålla sig till mig? Vad hade vi för framtid ihop? Var ungdomstiden för alltid slut för oss bägge? Minns att jag gick ute på vår gata en kväll, Rådhusallén i centrala Tierp, och min ångest gjorde att benen inte ville bära mig. Jag var helt förtvivlad, drabbades av en riktig existentiell råsop, så jag gick ner för räkning. Verkligheten hade hunnit ifatt mig, och jag tvivlade på att jag platsade där, att jag var mogen uppgiften, att jag passade in. Det är inte ovanligt att man hamnar i skugga ibland på grund av olika yttre omständigheter, men jag har alltid kravlat mig upp utan yttre hjälp. Det här var något annorlunda, en av mina absolut värsta stunder. Tror inte att jag berättat detta för någon tidigare. Det gick som väl över efter en stund, så jag bokstavligt talat kunde resa mig och gå vidare.

Uppsala

Hur det nu var, så ville min älskade flickvän flytta till Uppsala. Jag var inte svår att övertala, det kunde väl vara spännande att byta miljö och leva i en stor stad. Efter mycket ringande och kollande lyckades jag byta mig fram i en byteskedja till en trea på Glimmervägen 8 C i Eriksberg. Jag fick snart jobb på ett tryckeri. Det var helt OK, och ägaren var trevlig, men jag tror att ekonomin i företaget gjorde, att säkerheten var lågt prioriterad tyvärr. Den tvåfärgspress av märket Solna Offset som jag körde, skramlade och gick med hjälp av gummisnoddar, tejp och gem, för att spetsa till beskrivningen något. Avläggaren, där de färdigtryckta pappersarken spottades fram, ska alltid vara försedd med en plexiglaslucka som skydd. Nu var det så, att på den här pressen hade det där plexiglaset spruckit på flera ställen, och det var därför ihoptejpat, och dessutom nedfärgat i diverse kulörer. För att ha koll på tryckningen, var man alltså tvungen att öppna luckan under gång, vilket givetvis inte borde fungera alls av säkerhetsskäl. Jag mår illa bara jag tänker på kedjorna som drev avläggarens tvärgående metallstag som bar pappersarken. Jag stängde ju luckan när jag inte behövde titta på tryckresultatet, och det hände ofta att jag stod och lutade armen bakåt med ena handen mot det där locket. En gång när jag skulle luta mig bakåt på det sättet, var det som om någon stoppade mig. Jag kollade då bakåt, och såg att luckan var öppen. En händelse som har etsat sig fast i mitt minne.

Så småningom fick jag jobb på ett nyöppnat tryckeri, som skulle trycka posters och fototapeter. Det var två framgångsrika unga entreprenörer som hade fått tillstånd av NASA, den amerikanska rymdflygstyrelsen, att använda deras bilder från månlandningen i kommersiellt syfte. De bildade då sin butik och varumärket Scandecor, och nu ville de även trycka sina produkter i eget tryckeri. Det var ju bättre än att utsätta sig för den där gamla tryckpressen, men här fick jag jobb som andretryckare på en stor press, vilket blev så oinspirerande tråkigt att jag "möglade". Visserligen var det underhållande med den tyske pressmontörens känsla för svenska prepositioner. "Det skiter jag på" sa han ibland, men han drog ju snart söderut, när han var klar med maskinerna.

Jag hade tidigare blivit lovad ett jobb på en reprofirma, alltså ett prepressjobb, där man monterade sidor och skannade bilder. Jag såg verkligen fram emot detta. Bara någon dag innan jag skulle börja ringer telefonen. Det är en kille från GF, Grafiska Fackförbudet, som låter meddela att jag inte får det där jobbet, eftersom en av deras medlemmar hade stått längre i någon för mig helt okänd kö. Jag blev oerhört besviken.

Vilsen vuxen
Nu hade jag som tjugotreåring hamnat i vuxenvärlden med ansvar för familj, och ett urbota tråkigt arbete. Jag älskade så klart min underbara dotter, men förhållandet med hennes vackra och godhjärtade moder kändes ändå inte hållbart. Alla förhållanden prövas när vardagen blir alltför närgången. Jag minns inte all kontext så här långt efteråt, men jag vet att jag tänkte, att det blir bäst för alla tre, om vi går skilda vägar. Jag trodde det

inte var någon "big deal", jag förstod inte vidden av beslutet, som jag var ansvarig för. Min självbild och självkänsla hade naggats i kanten och gjorde, att jag inte insåg vad jag betydde för dem. Min tidigare rebelliska styrka var som bortblåst, efter besvikelsen med jobbet som jag knuffades undan från, och det nya jobbet som sög. Jag hade målat in mig själv i en grå vardag. Mitt inre resonemang gick ut på, att vi var alldeles för unga för att låsa oss vid varandra. Thérèse skulle jag få umgås med ändå, och då skulle hon få ha en gladare pappa och sedan komma hem till en gladare mamma, ungefär så gick tankarna, i alla fall i min omogna skalle. Jag knegade på i poster-tryckeriet och på radion spelades Elisabeth Lord med *Huset På Höjden*.

När vi fortfarande bodde på Rådhusallén i Tierp, minns jag speciellt ett telefonsamtal. Jag lyfter på vår röda kobralur, den tidens ballaste telefon, och i andra änden på den uppkopplade telefonlinjen sitter Börje Damberg, pianist och musikförmedlare vid Svenska Musikerförbundets musikerförmedling i Gävle. Vi hade ju lagt ner bandet Too Much 1968 av olika anledningar, tror Anders skulle satsa på studierna och jag skulle in i lumpen. Nu ville herr Damberg ha referenser för vår medlem Curt "Kwäsen" Nilsson, i samband med att gruppen Bäckmora Show behövde ny trummis. Jag hade så klart enbart positiva saker att säga om honom, så efter ett tag började han lira på heltid. Vid ett

Bo Heibrandt, Inger Andersson, Dieter Botzelmann, Majsan och Kwäsen

tillfälle, när de var bokade på Grand Central Hotel i Gävle (CH), fick deras gitarrist spader och drog. Då ringde Kwäsen till Jorma Kujansuu i Söderfors, så han kom till undsättning med kort varsel. Sedan hängde han med på ytterligare något gig norrut. Han ringde hem till mamma Eila och berättade att han var i Gävle. "Gävle!" svarade hon förvånat. Ja och nu ska vi åka till Sundsvall....

Bäckmora show

Vi åkte senare en gång till Västerås och lyssnade på det där bandet, och träffade hela gänget. Jag kollade gruppen även en gång i Tierp, och en gång i Hållnäs vid Upplandskusten. Bra band, fin stämsång, ej tjej som lirade trumpet och så den där fantastiska sångerskan. Nu minns jag inte exakt hur det var, men på något sätt blev Jorma och jag kontaktade, i samband med att den där sångerskan och den tidigare sångerskan i Bäckmora Show planerade att starta ett eget band ihop. Det ville sig inte bättre, än att de bägge damerna önskade att vi skulle ha en audition för dem. Denna genomfördes i Jormas folieinkapslade rum på Kidronvägen i Söderfors. Nej då, han var inte elallergiker eller foliehattbärare, han tyckte bara att det var snyggt med dessa blanka väggar, inklusive någon bild av en indisk flerarmad gudinna, och det var ju betydligt bättre än en enarmad bandit i en betongvägg. Hur som helst, vi passerade provet med klart godkänt.

Vi åkte upp till Jämtland för att sätta ihop bandet på Hotell Årevidden, som var en fin anläggning för handikappade. Jag i mitt inre outvecklade logistiska tänk, såg det hela som en start på något nytt och spännande, samtidigt som jag trodde att allting bara skulle bli bra för Iréne och Thérèse. Hur än man kan intala sig att man gör rätt, så kan det bli fel, men ändå rätt längre fram. Jag ville absolut inte såra någon. Hur än man intalar sig, att det varken får eller ska hända, kan det ändå bli så. Jag blev ju förälskad i den ena sångerskan, Majsan som hon kallades. Hon ville absolut inte inleda något förhållande genom att gå emellan mig och min familj. Som jag såg det hela, hade jag redan flyttat därifrån. Jag mår illa när jag skriver ner dessa rader, nu när jag får perspektiv på det hela. Kanske var vi fast i gammal svensk hederskultur?

De bägge sångfåglarna delade lägenhet med en kvinnlig polis på Söder i Stockholm. Jag minns när jag satt i Majsans rum där på Åsögatan, och grät i min längtans förtvivlan efter min lilla dotter. Jag hade försatt mig i en situation med dubbla lojaliteter, i en social kniptång. Jag var dock inte ensam i bandet i denna prekära situation. Men, jag träffade min älskade lilla vän emellanåt, stunder då vi var desto mer närvarande. Mina föräldrar flyttade från Tierp till Kalmar när mamma gick i pension 1971, och där träffades vi också. Jag bokade senare in vårt band i Kalmar, där vi var kontrakterade ett par veckor i taget vill jag minnas, och då bodde Majsan och jag hos mina föräldrar tillsammans med Thérèse. Hon blev ju också kompis med grabbarna i bandet, som blev till en vänskap för livet. Minns när hon var med oss hem till Majsans föräldrar i Börjelsbyn utanför Kalix.

Vi hade långtgående planer på att låta bygga ett timmerhus i Åre, eftersom vi förälskade oss i den fina skidorten med dess helt underbara natur. Inte för att jag är någon skidfantom, tvärtom, men i alla fall. Efter ett tag under planeringen, fick jag kalla fötter. Det blir nog inte så lätt att ha kontakt, trots att det går tåg från Uppsala, så vi skippade hela projektet. Det kanske hade varit en klok investering, eftersom Åre växte snabbt som internationell skidort, men nu satsade vi på ett litet hus med pendelavstånd till Uppsala.

Lilla huset på prärien

Redan 1971 skrev vi kontrakt på en tomt i Månkarbo i gamla Tierps landskommun, som sålde ut tomter billigt innan den stora kommunreformen för storkommuner 1974. I stället för att bosätta oss i fjällvärlden, kastade vi ankar i den uppländska

lerslätten. Jormas far och svärfar skötte bygget, och den artonde december 1973 flyttade vi in i lilla huset på prärien.

Vi kom direkt från ett längre kontrakt på Ferrum i Kiruna, där decembersolen i princip lyste med sin frånvaro, och kylan formade näsan till en nåldyna så fort man gick ut i vintermörkret. I Ted Ströms fina nationalepos *En Vintersaga* nämns bl.a. Mommas Krog. Det är bakfickan på Ferrum i Kiruna där vi alltså hade lirat. När vi var lediga hände det att vi tittade in där, och vi blev då "adopterade" av några riktiga profiler. Dessa äldre gentlemän var minst sagt levnadsglada, och på Mommas Krog fyllde de stadigt på med bränsle, så livsglädjen kunde hållas igång, om än på kemisk väg. Centralgestalterna i detta lilla gäng var affärsmannen, dynamitarden och Svenne. Affärsmannen hade en kvinna som han kärvänligt kallade för Häxan. De ville gärna bjuda och dela med sig av de jästa och destillerade dropparna till orkestern, och det kändes obekvämt oartigt att tacka nej. Den dynamiske affärsmannen, som ju var den dominerande, hade tydligen nyligen sålt sitt hus, vars saluvärde nu via bongkvittona på Mommas Krog tillfälligt skulle höja dagskassorna där. Denna tragikomiska och exotiska upplevelse hade vi lämnat många mil bakom oss, när vi den artonde december 1973 kom in i röran i det helt nybyggda lilla huset, till vår nya fasta punkt i tillvaron i gröna vågens tecken. Tack vare välvilligt bistånd från nyvunna vänner som vi fick till grannar, kunde julfriden precis i tid infinna sig. Vi kände stor lycka och harmoni i vårt nya hem, efter ett par år i kappsäck.

Högtidsstunder

När vi var hemma kom Thérèse till oss ibland och sov över. Det var riktiga högtidsstunder, helt underbart att ha henne hos oss. Vi hade  en liten bärbar svart-vit TV, som hon kunde ha på morgnarna, för att kolla in barnprogram som statstelevisionen hade vänligheten att sända då. Vi hade ju en annan dygnsrytm, men det funkade bra med denna lösning. Den tunga delen i allt detta, var när hon åkte hem. Jag var nära bli uppäten inifrån, när den ångesten kröp in i mig. Ändå var jag bara ett fall av alla miljoner.... Glömmer aldrig när jag var med på hennes första skolavslutning till sommarlovet 1976. Sedan vet jag inte vad som hände, åren bara försvann. Varje sommar var hon nere i Småland hos mina föräldrar, framför allt i stugan på Oknö. Bra och tryggt för henne, men det blev samtidigt tomt för bägge föräldrarna i Uppland. Ja åren gick, och helt plötsligt var hon tonåring, och punkare. Minns hon hängde med oss på något gig till Hudiksvall.

Vi lirade ofta i Norge, och vid ett tillfälle när vi var engagerade på innestället nummer ett i Oslo, Leopard Club, satt den då för tiden både fysiskt och artistiskt store världsstjärnan Demis Roussos där. Han var i stan för att ge konsert på Ekeberghallen den tionde mars 1975, en stor arena i Oslo. Bokningsagenten för honom bokade även oss ibland i Norge, så vi fick fribiljetter till hans konsert. Innan solokarriären hade Demis Roussos sjungit och spelat bas och gitarr i progressiva rockbandet Aphrodite´s Child, där även grekiske landsmannen och klaviaturspelaren Vangelis Papathanassiou ingick. Nu satt jag där med mannen, som hann sälja över 60 miljoner plattor innan han gick bort 2015. Jag bad då om att få hans autograf, för att ta med mig till Thérèse. Väl hemkommen till Sverige överlämnade jag stolt namnteckningen, som jag kommenterade i stil med, "här får du Demis Roussos autograf". Hon såg besvärat förvånad ut, och tog emot den exklusiva handskriften med kommentaren "Vem är det?"

Hayati's Café

På sextiotalet var jag med och lirade någon gång på Gyllene Cirkeln, ett välrenommerat ställe på Sveavägen 41 i Stockholm. Under sjuttiotalet drevs det stället av den sympatiske jazzsångaren Hayati Kafé och en kompis till honom under namnet Hayati´s Café. Vi var bokade där så ofta under en period i slutet av decenniet, så det kändes nästan som att vi var någon form av husband. Ett par grabbar som man skulle kunna klassa som någon form av biologiska inventarier där var herrar Frank Andersson och Lennart "Hoa Hoa" Dalgren. Den ene var världsmästarbrottare, och den andre var allmänbildad skrotlyftkran med flera SM-titlar. Nåväl, inte bara stamgäster som dök upp där. En kväll i slutet av juli 1977 kom det in några unga punkrockare. Det visade sig vara några grabbar från England som hade lirat på Kåren med sitt band Sex Pistols. Jag råkade senare nämna det i förbifarten för min kära punkdotter, och då reagerade hon något mer intensivt mot den gången jag kom med den där autografen från Oslo. Nu gick hon nästan upp i falsett när hon exalterat stötte fram namnet *Johnny Rotten*!

Iréne
Åren går, och Thérèse växer upp. Jag har helt plötsligt en punkare till dotter. Hon kommer inte så ofta till oss längre, och det var väl en naturlig utveckling, hon var ju tonåring. Hon fick gärna bo hos oss om hon ville, men det var naturligtvis inte lockande i hennes ålder, att flytta från stan till lilla Månkarbo. Hennes mamma hade utbildat sig till dekoratör, och arbetade på ett stort varuhus. Hon levde nu ihop med en trevlig man, och allt verkade vara frid och fröjd. I samma kyrka som mina föräldrar hade gift sig i konfirmerades Thérèse. Vi var där då tillsammans med hennes mor och

styvpappan. Jag hade inte insett eller uppfattat, vad som några år senare höll på att hända hennes mamma, eller så förträngde jag det. Hon hade ju sin man. De hade en son tillsammans, och jag tror inte att hennes livspartner var en dålig och elak människa, men hon mådde uppenbarligen inte alls bra. Hon hade tydligen mått fruktansvärt dåligt under en längre tid. Hon orkade inte leva vidare. Denna katastrof drabbade Thérèse när hon var på semester utomlands sommaren 1991.

Hade jag någon del i detta fruktansvärda, det är något jag har grubblat över många gånger. Men vad tjänar det till, om jag skuldbelägger mig? Vi hade bägge gått vidare i livet, och vi hade aldrig varit ovänner. Men ett styng i hjärtat är det. Livet kan vara så komplicerat. Tänker på henne ibland, och vi hade många fina stunder tillsammans.

Det Går Ej Att Spola Tillbaka Tiden

(Text och musik: Magnus Wir=Sven-Magnus Wirbladh)

1.

Du har, en egen historia, och den är bara din,
Ingen kan, ta den ifrån dig, - och alla har vi varsin.
Allt kanske ej blev så bra
men du får nog, låta det va'
Det går ej att spola tillbaka tiden,
det är för alltid som, det en gång var.

2.

Att ta, de rätta besluten, att aldrig såra nå'n
Men kunde du, gjort något annat,
det är det svåra som,
du kanske grubblar på än
även om det, är så länge se'n
Det går ej att spola tillbaka tiden,
det är för alltid, som det en gång var.

3.

Hur far tankarna, när man är arton,
vet man då vem man är?
Är nog mest rädd, för att bli vuxen,
å fastna i framtiden redan där?
Se'n rinner åren förbi,
i ett tidsmaskinstrolleri
Det går ej att spola tillbaka tiden,
det är för alltid, som det en gång var.

Från albumet *Dagen Är Din*

KAPITEL 7

Orkesterlivet

Heltidsmusik

Min gode vän från 60-talsbandet Too Much Jorma Kujansuu och jag började alltså att lira på heltid från oktober 1970 med Stämbandet, som bildades av sångerskorna Elisabeth Lord och Maj-Britt Johansson, som kallades Majsan, bägge med ett förflutet i Bäckmora Show/Midnight Singers. Elisabeth var känd från Svensktoppen och det var hon som blev bandets förste kapellmästare. Hennes mamma föreslog namnet **Stämbandet**, och det var ett bra bandnamn, eftersom vi sjöng mycket stämsång. Till första repetitionen i Åre, där vi skulle sätta ihop detta band, hade de förutom Jorma och undertecknad, rekryterat basisten Curt Ditzler från Nyköping och trummisen Conny Eklund från Stockholm. Vi kände inte alls varandra, med det fungerade bra både musikaliskt och socialt. Vi repade i gillestugan på Hotell Årevidden, och mot att vi ibland spelade för gästerna, fick vi bo och äta där, en mycket fin deal. Det var DHR, De Handikappades Riksförbund, som drev det fina hotellet. Chefen hette Ulf Sahlin, en mycket bra boss. Det var en härlig tid, och vi återkom dit flera gånger. Minns ett par äldre damer, som tittade på mig och sa, att jag påminde om en grekisk gud. Vet inte vad de hade druckit, eller så kanske jag såg lika blek och stel ut som en antik skulptur? En gång när det var vårvinter, gick Jorma och jag upp på Åreskutan från baksidan. En häftig upplevelse, men jag hade inga solglasögon, och det kändes inte alls bra. Jag fick verkligen veta av personalen på hotellet, att det var helt fel. Jag tror det har påverkat min syn sedan dess. Ett annat exotiskt minne från den trakten är, när jag försökte åka skidor nerför Renfjället. Jodå, jag kom ner.

I Åre lirade vi också på Tott och Granen. Minns en gång på skidhotellet Granen, när jag hade vissa matsmältningsstörningar av den digniteten, att jag för en stund kom att tänka på jordbruksministern. Jag konstaterade att det var totalt fullt av folk i lokalen, när jag blickade ut över publikhavet från scenen. Där satt jag på orgelpallen, som jag vid det tillfället önskade var konstruerad med en helt annan funktion, i porslin. När vi så äntligen hade paus, rusade jag så gott jag kunde, med bestämda steg genom folkmassan, med blicken fastlåst på en viss dörr där på motsatta sidan av lokalen.

När vi lirade på Tott, var där även en amerikansk trumpetare och entertainer vid namn Artie Shepard. Denne härlige positive afroamerikan var även skicklig congaspelare. Han var dessutom renlevnadsman och vegetarian. Jag blev inspirerad, och försökte bli vegetarian, men efter flera nätter av mardrömmar, där jag blev jagad av korvar, gav jag dessvärre upp.

Eskilstuna

1971 när Elisabeth var med i bandet, lirade vi bl.a. på Metropol i Eskilstuna. De första åren hade vi längre kontrakt på en del krogar, som längst en månad ner till två eller en vecka. Minns en eftermiddag när vi repade där på Metropol, så står det en tjej i dörröppningen och lyssnar. Hon hade väl åkt in till stan från Torshälla där hon bodde. Hon var själv sångerska, hon Anni-Frid Lyngstad. Ett annat minne därifrån som sticker ut, är när jag sitter och snackar med idrottsstjärnan Ricky Bruch. Jag imponerades av hans aptit. Där var det mjölk i stora ölsejdlar, och den fasta födan handlade om stora biffar. Men så var han ju biffig själv också, och man skulle lätt kunna förledas tro, att han enbart skulle ha utvecklat en stor tjurnacke ovanför axlarna, men han var väl utvecklad mellan öronen också. Det var mycket intressant att lyssna till denne sportlegendar, där han satt med intellektuella utsvävningar mitt i sin diskuskarriär på världsnivå.

Bisarrt minne

En märklig episod i ett sommarfagert Eskilstuna från den sommaren. Jag och Majsan går hem i den ljusa sommarnatten från ännu ett gig på Metropol, där vi alltså var engagerade. Vi hyrde ett rum av en äldre dam i en fin villa med stor prunkande trädgård, där äppelträden blommade för fullt. Solen hade redan checkat in för ett nytt dagspass, när vi trötta drar ner rullgardinen och försöker sova. Helt plötsligt bankar det hårt på dörren! Vi hoppar upp så John Blund tappar sandkaret. In kommer ett par civilklädda poliser och skriker något om att jag ska följa med till polisstationen omgående. Våra ansiktens fågelholkskoreografi lugnar ner dessa lagens väktare efter en stund, och missförståndet uppdagas till samtliga inblandades belåtenhet. Det var ju initialt en ganska omysig upplevelse, men så här efteråt ett både kul, exceptionellt och bisarrt minne.

Ådalen

Det här var endast 40 år efter katastrofen i Ådalen, då arbetsgivare där lät svensk militär skjuta ihjäl hungriga arbetare under en fredlig demonstration. Jag tror vårt allra första gig utanför Åre med Stämbandet, var på Stadshotellet i Kramfors. Swede Singers, med Nippe Sylvén på Hammond B3, lirade på Hotel Kramm i samma stad, och i grannsta´n Sollefteå lirade Bäckmora Show. Det ville sig inte bättre, än att alla dessa tre band en spelfri afton strålade samman på Hotel Kramm. Där var även komikern Jarl Borssén med. Grabbarna i Swede Singers ställde fram ett antal flytande potatisprodukter, lämpliga till att smörja gomsegel och för att fukta torra strupar. Vår forne spelkompis Kwäsen var ju också med på festen, eftersom han lirade i Bäckmora Show, eller Midnight Singers som de också kallade sig.

Det första året med Stämbandet rullade på efter Norrlandskusten, Västmanland, Gotland, Sörmland och Skåne. Vi spelade på CH i Gävle i april 1971.

Majsan och jag förlovade oss en solig dag i mysiga stadsdelen Strömsbro, där vi var inkvarterade under kontraktet med den förstklassiga Gävlekrogen. I övrigt var det en grå vintrig och kylig aprilmånad. Direkt därefter skulle vi ner till Skåne. Vi ankom Landskrona, med vår nya trummis Claes Geijer från Söderhamn, en av de allra första dagarna i maj. Där var det fullt utvecklad sommar. Vi var kontrakterade hela månaden på fina Strandpaviljongen, en sommarkrog intill havet. Vacker utsikt, men majsolen gjorde att tången efter stranden släppte sig, om man säger så. Denna odör, som när Fyrisån i Uppsala gör samma sak och där kallas för ågon, marginaliserades genom den positiva visuella upplevelsen. En härlig sommarmånad, och jag minns speciellt våra utflykter till Köpenhamn. Det var små trevliga båtar, som vi dagtid kunde åka med för en ringa penning. Minns också en dag när, jag tror hela bandet, satt uppe vid citadellet och hade trevligt, och jag kollade ett brev som jag fått från mamma. Där berättade hon att hon och pappa skulle flytta från Uppland ner till Småland. Hon var tre år yngre än pappa, och nu hade hon också gått i pension. Min far hade bott i hennes landskap under tjugoett år, lika länge som jag bodde i Björklinge. Nu skulle de flytta ner till Kalmar, där även min syster Birgitta bodde med sina tre barn. De kom ju även närmare stugan på Oknö.

Stockholmsbandet Rospiggarna ville rekrytera våra bägge sångerskor, och de lyckades plocka över

Elisabeth, som slutade efter ett år med oss. Jag tog då över kapellmästarrollen, och vi fortsatte som kvintett. Jorma som var mycket driven som arrangör fortsatte att ta hand om det musikaliska, och jag tog hand om huvudvärken, att försöka få oss att överleva som heltidsband.

Vi fortsatte att lira på krogarna, och det var väl så lagom kul och utvecklande, men det var ändå en ekonomisk trygghet. Majsan, jag och Jorma kämpade på, men i övrigt varierade persongalleriet över tid. Det handlar ju om åtta år på heltid, och två år på deltid, alltså sammanlagt tio år!

<u>Basister</u>: Curt Ditzler, Bobban Larsson, Leif Alverstam, Martti Kujansuu, Tomas Nauwelaertz de Agé och Per Erik Sundström.

<u>Trummisar</u>: Conny Eklund, Henrik "Hempo" Hilldén, Jan Westin, Björn "Binge" Inge, Claes Geijer, Claes Söderström, Kaj Sundström, Åke Eriksson, Edmund "Charlie" Franzén och Mikael Lundén plus ett par ytterligare på kortare inhopp.

Utan några som helst jämförelser med den kanadensiske musikgurun Neil Young, men hans egenskrivna memoarer tyckte jag faktiskt var ostrukturerade, med hopp fram och tillbaks tidsmässigt. Detta vande jag mig med efter ett antal sidor, och då kändes det helt OK. Nu inser jag hur svårt det faktiskt är, att skriva ner en helt linjär berättelse, eftersom olika händelser kan höra ihop på olika sätt, och där tidsaxeln kan bli av sekundär betydelse i sammanhanget. Så, jag hoppas du har överseende med detta.

Musik och politik

1972 spelade Majsan in en solosingel på etiketten Karusell. Vi var i mina föräldrars stuga på Oknö. När det var dags för inspelning, flög vi med Linjeflygs propellerplan av märket Metropolitan via Visby till Bromma. Jag begick min premiär som sångtextförfattare, och blev därmed medlem i Stim. A-sidans melodi skrevs av Bert Östlund från stockholmsbandet Rospiggarna. B-sidan blev en svensk version av en Bee Gees-låt, *Garden of My Home*. Märkliga minnesfragment av att vi åkte taxi till Europafilms musikstudio. Med i bilen var en gitarrist. Jag frågade vad han hette, och han svarade kryptiskt: "De kallar mig Janne Schaffer". Med på plattan var även Björn J:son Lindh, med sitt fina flöjtspel. Sveriges Radio spelade plattan några gånger. Nu hör det till saken, att vi först gjorde en inspelning för den här singelplattan i MNW studio i Valxholm. Trots de mycket duktiga och namnkunniga studiomusikerna, blev inspelningen i Vaxholm mycket bättre. Hennes sång blev bättre, hon kanske var mera avspänd i den lilla mysiga studion där ute. MNW stod för Music NetWork. Det här var när 70-talet var mycket ungt, och över landet ströks en pensel med socialismens och kommunismens röda färg. I Vaxholm av alla ställen, skruvades MNW om till MusikNätet Waxholm med röda förtecken, och skulle därmed ingå i den nya musikrörelsen. Enligt den doktrinen blev all musik, som kunde tänkas komma till för att inbringa pengar, ful musik. Det blev en närmast religiös rörelse. Detta kom att drabba Majsans fina inspelning så negativt, att den absolut inte fick ges ut! Jag talade via telefon med översteprästen själv, om jag vanvördigt får säga så, en engelsman som drev detta stenhårt. Ja vi blev mycket besvikna över det här beslutet. All fanatism är av ondo, oavsett syfte och ursprung. Jag har senare blivit vän med folk från den rörelsen, men jag var aldrig med där, även om jag långt senare själv har gjort musik som skulle kunna klassas som nyprogg.

Efter folkparksturnén

1973, efter den märkliga folkparksturnén som jag berättar om längre fram, behövde vi en omstart tror jag det kändes som, och bandet stod dessutom utan basist och trummis. Vi kom i kontakt men en basist från Stockholm och en trummis från Katrineholm. Vi gjorde upp om att träffas på Lasse Berghagens kontor. Det var ett omaka par skulle man kunna säga, en ung hippie och en äldre jazzlirare. Edmund "Charlie" Franzén hade ett förflutet i den totalt utflippade duon *Charlie & Esdor*, faktiskt ett kultnamn inom den alternativa musikrörelsen. Leffe Alverstam hade lirat bas med bl.a. Little Gerhard, och han var en mycket bra swingbasist, pianist och sångare. Glömmer aldrig när han sjöng *Fly Me To The Moon*, där han verkligen flög fram på sin fina gamla Fender Precision bas. Den basen sålde han senare till Rutger Gunnarsson, när denne tittade in i KMH-studion där vi lirade in 1974, så den basen är antagligen ironiskt nog med på flera av ABBA-plattorna? Han frågade om vi spelade in hits, något som han visste mycket om, som basist och stråkarrangör för abborna. Oj nu hamnade jag visst på Södermalm, vi var ju på Östermalm för att träffa de nya medlemmarna. Jo Leffe var en gänglig härlig lirare med ett skönt stockholmstugg. Charlie kom från Katrineholm, med sitt långa hår som nästan nådde golvet, men å andra sidan gick det nog två Charlie på en Lasse Berghagen, om man räknar. Mötet gick bra, och vi kom överens om att repa med bandet i Söderfors. I det fina gamla bruket bodde ju Jorma, och han hade fixat fram en lämplig lokal för ändamålet.

Bacchi Wapen
Hela november 1974 lirade vårt band Stämbandet på Bacchi Wapen i Gamla stan i Stockholm, nu med Tomas från Gävle på bas. Lill Lindfors uppträdde en vecka, och resten av månaden showade Magnus & Brasse. Verkmästar'n i magen och sången om de tajta jeansen spelades in där och då, till glädje för många radiolyssnare på den tiden. På fredagarna kom dessa gentlemän och bjöd oss i Stämbandet på "Fredagsbelöningen", en trevlig gest i flytande form. Det här är en gammal byggnad, med mycket trånga personalutrymmen i källarvalven från 1600-talet. Krogen drevs av Hasse Wallman och Bosse Parnevik. Det var Bosse som tog hand om oss, så den andre delägaren hade vi ingen kontakt med. Den folkkäre imitatören var mycket trevlig, och jag kom på honom en gång när han satt och lirade piano. Kom att tänka på en gång när vi lirade i Åre och Bosse P var där privat. För att inte bli igenkänd hade han tagit på sig en del av sin rekvisita, som

han hade när han var olika gubbar i sina shower. Tror han hade Povel Ramels framtänder.

Minns när min käre morbror Sven och hans Britt en av kvällarna på Bacchi Wapen kom från sin bostad på Skeppargatan. Där stod han, mammas lillebror, med sitt vita hår och i blå kostym. Ja han tyckte väl det var kul, att hans systerson lirade där. Kommer ihåg när vi hälsade på morbror Sven i Enskede när jag var liten. Det var mycket byggarbetsplatser i stan då på 50-talet, stökigt värre, å jag minns när vi åkte med de gröna tunnelbanetågen. Det var också spännande att morbror Sven hade träffat kungen. Han hade deltagit vid konselj på slottet i egenskap av undervisningsråd. Han kom senare att under två år arbeta för FN i Kabul med undervisningsfrågor. Majsan och jag hälsade på honom i deras fritidshus, en Hallandslänga i Tylösand, en gång i samband med att vi lirade i Halmstad.

Gävle-episod

En gång när vi lirade på Baltic i Gävle, uppträdde Östern Warnebring och Kisa Magnusson där. I vårt gemensamma utrymme bakom scenen klagade sångerskan Kisa över en mycket besvärande huvudvärk, och de skulle senare gå på. Jag brukade ha Panodil med mig, så jag erbjöd henne att ta av mina, inte kul att ha huvudvärk. Då for den berömde sångaren upp som ur en katapultstol, och viftade samtidigt som han var tydlig med att hon absolut inte skulle ta någon värktablett från mig. Han ville så klart bara skydda henne, men det blev ju så fel. Han måste verkligen ha haft mycket dåliga erfarenheter av andra musikanter, eller också såg jag extra suspekt ut.

Träffade många människor

Vi träffade många människor när vi var ute och spelade runt om i landet, som t.ex. en i gisslan från Norrmalmstorgsdramat, där det psykologiska samspelet mellan gisslan och rånarna blev internationellt mycket uppmärksammat som "Stockholmssyndromet". Det här var en gång när vi lirade ett diskotek i Helsingborg. Då fick vi bo i bokskogsparken i Ramlösa. Där var det ju trevligt, och det var ju inte vi som höll gisslan. Däremot har jag ett märkligt minne från centrala Stockholm 1973. Det var den sommaren som vi turnerade i folkparkerna med svensktoppsartisterna Stefan Rüdén och Ewa Roos. Majsan och jag bodde hela sommaren i andra hand i ett höghus i Grimsta, intill Vällingby centrum. Vi var lediga och hade uppenbarligen något ärende i centrala staden torsdagen den 23:e augusti. När vi närmar oss Norrmalmstorg, känner vi med alla våra sinnen en obehaglig stämning. Vi hade ingen tanke på detta drama, förrän vi hamnade nära epicentrum. Ångesten låg som en tät dimma i luften, det var folktomt, med en och annan polisbil och sändarbil som enda rekvisita. Det var helt avspärrat närmare Kreditbanken, minns inte exakt, men känslan minns jag desto bättre. Vi hade i alla fall inget bankärende, så jag tror vi vände om efter en stund. Samma sensommar låg kung Gustav VI Adolf för

döden i Helsingborg, så det var en hel del dramatik
i riket då.

Den märkliga sommaren 1973

var också tiden då vårt hus i Månkarbo byggdes.
Kommer så väl ihåg en solig sommardag när vi var
lediga, och gick ner till en badplats i närheten av
Grimsta, Vällingby, där vi ju tillfälligt bodde. Det
hette av någon anledning Kanaanbadet. Vi badade
där i Mälarens vatten, och Majsan köpte en
kvällstidning. Hon reagerade med stor häpnad när
hon slår upp en stor artikel med tillhörande bild på
hennes morbror. I samband med att han fyllde
femtio år, hyllades han här i Expressen. Min kära
svärmor kom ju som flykting från Finland under
andra världskriget. Hennes bror Arvi Uusiportimo
hade en karriär som forsrännare eller stockdansare.
Han turnerade runt om i Finland, och säkert även i
Sverige, dansande i älvarna på stockar som for fram
genom forsarna. En totalt livsfarlig sport som
krävde enorm självdisciplin och balans.

Ja den där sommaren var märklig på många sätt.
När vi var lediga hände det också att jag tog
tunnelbanan från Vällingby till Östermalms torg.
En tråkigare tågresa får man leta efter. Väl framme
på Östermalm gick jag till Lasse Berghagens kontor,
lokaler som han tagit över efter en viss Stikkan
Andersson. Nu måste jag backa bandet till
sommaren 1972. Vi lirade ofta i Sundsvall på Strand
Hotell, och på somrarna hade de en nattklubb i
källarvåningen som kallades för Natt-Oxen. En

afton när vi lirade där, blev det plötsligt efter en låt ett enormt gensvar från publiken. Dylika händelser brukar indikera, att det är musikanter i lokalen. Mycket riktigt, där var Lill-Babs med sitt band. De kom dit efter att de själva uppträtt i folkparken. I bandet lirade Christer Wickman piano, Håkan Thanger bas, Janne Frisk gitarr och Lill-Babs bror Lasse Svensson trummor. Efteråt blev det ju så, att vi umgicks en stund med dem. Jag stod och snackade med pianisten, som tidigare varit med i Swede Singers innan Nippe Sylvén började där. Plötsligt säger Christer Wickman ungefär: "Ja ni lirade *See You In September* precis som vi gjorde den". Oj säger han så, tänkte jag, har vi kommit till den nivån? Jag var stor beundrare av det bandet. Ja de verkade gilla oss, inte minst Lill-Babs, eller Barbro som alla i hennes närhet kallade henne, ja hon hette ju så. Hon var antagligen mest imponerad av Majsans sång. Då berättar hon att hennes "ex-krok" Lasse Berghagen skulle starta ett eget skivbolag. Hon ville tipsa honom om oss! På det sättet kom vi i kontakt med denne härlige gentleman. Minns första gången jag träffade honom, ja då insåg jag hans imponerande längd. Han hade en anställd personlig manager vid namn Tommy Asper. Jag hängde alltså en del där sommaren 1973, och vi gjorde tre singlar på Lasses egna etikett Exaudio. En av de bästa inspelningar vi gjorde, var på en av dessa singlar. Jag hade hört den amerikanska guppen America på Radio Luxembourg, en låt som hette *I Need You.* Jorma arrade fina stämmor, och det var väl kanske första gången jag verkligen använde min höga falsett. Kärnan i vårt band under alla år var ju Majsan, Jorma och jag. När vi spelade in vår första singel, som var Jormas låt *Lyckliga Världen*, hade vi två stockholmare med i bandet. Det var Bobban Larsson (senare med i bandet Telstars) på bas och Björn "Binge" Inge (från då nyligen nedlagda gruppen November) på trummor. Som B-sida gjorde jag en svensk text till den där låten från gruppen America. Men som väl var, gjorde vi även en engelsk version av bägge sångerna. Jag vill påstå, att vår version av *I Need You* hade kunnat bli en stor hit, men det räckte inte med att Ulf Elfving spelade den en gång i radion. Lasse spelade senare själv in *Lyckliga Världen*, och han ville då ha samma karaktär på stämsången. Därför kallades jag, Majsan och Jorma in till studion för en trevlig session.

Parallellt med allt detta denna sommar, åkte vi alltså i folkparkerna. Det var en riktigt klassisk folkparksturné. Rune Öfwerman var producent och arrangör. Textförfattare var den legendariske Sven Paddock. Rune Öfwerman var en mycket bra jazzpianist, och han gick igenom sina arr av gamla jazzlåtar, som Paddock skrivit svenska texter till speciellt för den här turnén. Ja, det var verkligen en gammaldags folkparksturné, kul att ha fått vara med på. Inför sommaren 1974 ringde Rune och berättade att det blev en sådan succé, så de ville göra en uppföljjare. Han frågade om vi var intresserade av att åka med igen? Jag tackade nej, eftersom det egentligen inte var vår grej. Kul att ha varit med, men en turné räckte. Rune var vid den där tiden ihop med Sylvia Vrethammar, och jag minns vi var ute i Gamla Stan och åt, tror det var på krogen *Fem Små Hus*. Hon lyssnade på premiären av turnén, och gillade vår insats.

Första albumspåren

1974 spelade vi in en tredje singel för Lasse Berghagens egna skivbolag Exaudio. Därefter ägnade Lasse sig helt åt sin egen karriär. Låten vi spelade in heter *Back Into World*, som Jorma hade skrivit. Samma år började vi också spela in vårt album med Stämbandet. Vi orkade inte ringa runt till olika skivbolag, och skicka runt kassetter. Vi tog saken i egna händer, och bestämde oss för att ge ut ett album själva under egen etikett. Det var ju mycket dyrt att hyra en professionell skivstudio, men den utmaningen tog vi. Som väl var, hade vi en deal med välrenommerade norska bolaget Tandberg, mest kända för sina fina bandspelare. Deras svenske försäljningschef hade hört oss i Kalmar, och han ville att vi skulle spela in några låtar som de kunde ha med på en kassett, när de levererade sin nya superkassettspelare. Vi gjorde dealen med villkoret att vi fick använda några av inspelningarna till vårt album.

KMH-studion

Studion vi valde var KMH, där vi redan hade gjort några inspelningar. På den tiden fanns inte så många förstklassiga inspelningsstudios. Det här var en gammal biograf på Hornsgatan i Stockholm som var ombyggd till studio. KMH stod inte för Kungliga Musikhögskolan. Nej det var tre musik- och teknikintresserade unga män som satsade stenhårt: K som i Lennart Karlsmyr, basist i Moonlighters och Rank Strangers. M tror jag stod för Malmström eller liknande, ekonomen i företaget, och H var Lasse Holm, gigant inom den svenska populärmusikscenen. Lennart Karlsmyr var inspelningstekniker, en mycket kompetent och trevlig sådan. Vi spelade in de första fem spåren till albumet där. I studion fanns ju både flygel och Hammondorgel. Den där orgeln var av modellen B3, som är den stora möbeln med vilken man förknippar bl.a. virtuoserna Jimmy Smith och Booker T Jones. Det var ju magiskt att få lira på den, och jag gick väl omkring där i s t u d i o n , o c h k a s t a d e kärleksfulla blickar mot den

stora speldosan i ädelträ. Då berättade Lasse Holm att det fanns en kanadensare, om jag inte minns fel, som bodde i Stockholm och som kunde importera en B3:a. Jag tog kontakt med honom, och efter en tid hade han låtit segla över en åt mig också. Efter att den hade anpassats till vårt svenska elsystem, var det bara att koppla in den på nätet. Ja, den blev ju billigare att direktimportera, men den kostade ändå så det räckte för mig. Genom att den var så stor, tung och ohanterlig för turnébruk, blev jag dessvärre tvungen att låta banta maskinen, och lira med den utan de karaktäristiska vackra snickerierna. Ryggen har ingen lag eller vad det heter, men jag fick ändå problem med ryggen. Minns bl.a. en gång längre fram i tiden, när jag gick omkring på gatorna i London med nackspärr, så jag fick vrida hela kroppen för att kunna panorera synfältet. Hade nog vid det tillfället kunnat få tjänstgöra i högvakten vid Buckingham Palace. Åtskilliga gånger har jag, för att lindra mina ryggskott och nackspärrar, anlitat expertis i form av både kotknackning och akupunktur.

Min fina Hammondorgel av modell L-100, som jag köpte för pengar jag ärvde efter min älskade farbror Nisse 1968, var ju också tung och bökig att åka omkring med. Inte i samma tungviktsklass som B-trean, men i alla fall. Den senare byggdes om i Umeå, medan L-hundran byggdes om i Värnamo. Det finns ju folk till allting, och de här lirarna hade sina specialiteter. Jag har för mig att jag fick hyra en folkvagnsbuss av Scandecor för att rulla ner min Hammond L-100 till den småländska metropolen, och till kör- och lyfthjälp hade jag min gode vän Christer Nyberg. Den större orgeln byggdes alltså om i Umeå, i samband med att vi lirade där.

När vi spelade in i en dyr studio, oavsett vem som pröjsade, så gällde det att vi var mycket välrepeterade, att alla arrangemang hade gåtts igenom minutiöst. 1974 rullade på med inspelningarna i KMH-studion, både tredje singeln för Lasses bolag, promolåtarna för Tandberg och fem spår till vårt framtida album, vid sidan av alla jobb vi hade runt om på olika ställen. Vi var unga.

Vår eminente och härlige basist Leif Alverstam var med på de här inspelningarna, men han kunde inte längre fortsätta i bandet, och vi letade efter en ersättare. Jag blev tipsad av musikhandlaren Weine Nordin i Gävle, om basisten som lirat med en av den stadens stora band, the Playmates. Vill minnas att denne baslirare kom till Örebro, där vi för tillfället var kontrakterade på Stora Hotellet. Den konstellationen som blev då, höll i sig under fyra år, och det blev den mest intensiva tiden för bandet.

Streaplers studio
1975 stod det i almanackan helt plötsligt. Vi hade ett längre kontrakt med Opalen, det stora hotellet och krogen i Göteborg, mitt emot arenan Scandinavium. Det var väl lite av slavkontrakt där med tanke på arbetstiderna, men i övrigt helt OK, inklusive mat och boende. Vi var unga och starka, och vi hade ju en hel del kvar att göra på vårt debutalbum. På något sätt uppfattade vi, att det väl etablerade dansbandet Streaplers hade en fin inspelningsstudio i deras hemort Kungälv, en halvtimmes bilresa från Göteborg. Vi kontaktade dessa goa gubbar, eller grabbar som de var då, vilket resulterade i att vi spelade in resten av albumet, sju låtar, i deras inspelningsstudio. Inspelningstekniker var en stockholmare vid namn Åke Eldsäter, tidigare basist i Ola and the Janglers. När jag tänker tillbaks på den tiden, inser jag hur

mycket energi man har som ung, förutsatt att motivationen är den rätta. Det var en lantlig och avspänd miljö där i deras första studio, som efter några år byttes ut mot en större. Streaplers var ju helt etablerade som dansband, och de tjänade bra med pengar. Minns deras nya stora gröna Volvo-buss. Det något märkliga var, att de såg upp till oss, trots att det var de som var stjärnorna, som drog stor publik, som tjänade de stora pengarna. En gång ville de att vi skulle lira på deras prylar, för de ville kolla hur deras utrustning levererade ljudet i en stor lokal. Vi blev så pass impade av deras Electro Voice Sentry IV-högtalare, så att vi skaffade ett par själva, fast jag tror de hade minst fyra. På inspelningarna vi gjorde i Kungälv lirade jag på Lasse Larssons B3:a. Han var en duktig musikant, som under en mellanperiod från Streaplers lirade med utmärkta Göteborgsbandet the Jackpots som jag hörde live. Han dog 2004 bara 60 år gammal.

Som jag nämnde tidigare, låg spelstället Opalen mittemot den stora arenan Scandinavium, i göteborgsmun kallat "Kålleseum". Vår basist Tomas var född och uppvuxen i Gävle. Han var skolkamrat med Cat Stevens en kortare tid. Dennes mamma Ingrid var född i Gävle, den där ishockey-tokiga stan, så när det aviserades landskamp Sverige-Tjeckoslovakien i Kålleseum, ville ju så klart Tomas gå dit. Eftersom vi var lediga då, och jag aldrig varit på en landskamp i ishockey, så hängde jag med Tomas dit. Nej jag är ju ingen sportfantast på något vis, men hockey brukade jag kolla på TV faktiskt, när det var VM. Jag kanske inte borde gått dit, för Sverige förlorade. Matchen sändes direkt i TV, och det visade sig att bägge lagen inklusive TV-folket bodde på Opalen. Minns att det vinnande laget från det på den tiden avgränsade Öst-Europa inte verkade fira segern alls. De avlägsnade sig tystlåtet till sina rum ganska omgående. Svenskarna däremot, med TV-folket i spetsen, höll igång desto bättre. Den legendariske backen Rolle Stoltz, som gjort en lång karriär som back utan hjälm, hade varit bisittare till kommentatorn Arne Hegerfors. Jag minns att dessa bägge härliga gentlemen inte verkade särskilt ledsna över att gästerna vann. Rolles parhäst från hockey-karriären var också med där i Göteborg. Jag snackade en hel del med honom, Lasse Björn, en mycket trevlig lirare. Märkligt, där hängde jag, en sportanalfabet, med en av de största stjärnorna i svensk ishockey....

Vårt första album kommer ut

I oktober 1975 kom äntligen vårt album ut. En obeskrivlig känsla att lägga på denna vinyl på skivtallriken. Vi lyssnade i våra vita Carlsson-kuber, som var kopplade till stereo-förstärkaren vi fick som extra bonus genom dealen med Tandberg. Musiken fyllde vårt mysiga 70-talshem med heltäckningsmatta och stormönstrad fondtapet, där i lilla huset på prärien. Lycka, äntligen hade vi gjort ett album, dessutom med originalmusik. Jorma hade gjort alla låtarna, utom några av texterna som jag hade skrivit. Jag ringde till skivarkivet på

Sveriges Radio, och frågade om de ville ha skivan. Ja detta var ju i en annan tid, den analoga. Jodå, de vill *köpa* tre exemplar, så gick det till. Jag åkte ner till huvudstaden, och levererade dessa exemplar, som mottogs vänligt av några damer.

Äventyr i Helsingfors

1976 inleddes med en kall och vit januari. Vi var bokade i Helsingfors hela månaden på krogscenen i Merihotelli. Minns överfarten när vi i vår hytt, som låg längst ut mot vattenlinjen, hörde hur isflaken slog in mot skrovet. Väl framme i den finska huvudstaden kändes det trevligare. Det hände dock några incidenter. Vår turnébil som vi rullade ut med från Viking-färjan, var en långskorpa, alltså den längre täckta modellen av Chevrolet Surburban Apache. Till den hade vi kopplat ett Spånga-släp, antagligen den största modellen. Vi hade parkerat så fint, så vi såg hela ekipaget från scenen där vi lirade. Så en gång skriker Tomas till något om att släpet försvann ur sikte. Vi slutar spela och springer ut, och konstaterar faktum, det fina släpet var borta! I samma veva var det polisstrejk i stan, men det hade nog inte gjort någon större skillnad, släpet lämnade nog Helsingfors omedelbart mot nya äventyr. Vi rekryterade senare en Mercabuss från Sverige, för att ta oss hem med alla prylar. I och med detta hade vi bytt från V8 till diesel, för att dra oss fram mellan giggen. Chevan försvann också vid ett tillfälle, men det berodde på felparkering. Vi fick snällt lösa ut den, där den stod helt förvånad på en uppsamlingsplats för felparkerade bilar.

Under denna vintermånad, som under fritiden ramades in av finsk bastukorv med Åbo senap, bodde Majsan och jag på Hotell Tornet, som var den första "skyskrapan" i stan, med en mycket speciell historia. Under andra världskriget var där ett sjudande internationellt centrum för krigsreportrar, spioner och kontraspioner. Efter kriget var det Finlands mest avskydda byggnad, sedan den ryska kontrollkommissionen flyttat in i hotellet. Nåväl, jag vet inte om vi tillförde så mycket ny spännande historia, men vid ett tillfälle fastnade vi i hissen. Det var jag, Majsan, Jorma och hans flickvän Laila, som var med i Helsingfors. Vid ett annat tillfälle ringer telefonen i vårt rum. Det här var ju innan Sverige och Finland hade inlett sin världsledande roll inom mobiltelefoni. Jag blir förvånad, hade ju inte alls räknat med att någon skulle ringa direkt till oss där i hotellrummet. Jag lyfter i alla fall luren, och säger mitt namn. Då hörs en go Göteborgs-klingande röst i andra ändan. Hej, det här är Bjarne. Jo det är så här, fortsätter rösten ungefär, att vi har snackat och kommit fram till, att vi vill släppa ett album med er. Det var trummisen Bjarne Lundqvist i Streaplers, han som oralt hade burit fram den något ekivoka sången *Vad Har Du Under Blusen Rut* till Svensktoppen. Han hade alltså på något vis spårat upp oss där i Helsingfors. Här snackar vi om en riktig dansbands-legendar. Den karln var nämligen med och grundade Flamingokvintetten, och lirade senare 25 år i

Streaplers. Nu ville alltså Kungälvbandet ge ut oss på deras skivbolag Bohus Grammofon. En lustig sak i sammanhanget är, att de gav ut Lasse Berghagen på sin etikett året efter. Nu står jag alltså med telefonluren mot ena örat, där i hotellrummet i den finska huvudstaden, med detta fina erbjudande. Men, jag måste tyvärr avböja. Vi skulle ju under våren åka över till London för att skriva skivkontrakt. Så här med facit i hand, kan jag ibland fundera över, om det hade varit bättre om vi åkt mot lilla London, alltså Göteborg och Kungälv, i stället. Vi kanske hade etablerats bättre på den svenska musikkartan, med Gert Lengstrand som skivbolagsdirektör? Men, vi hade kanske inte fått uppleva äventyren på kontinenten och i England.

Apropå Kungälv, där lirade vi några gånger på ett ställe som hette Fars Hatt. En gång bodde vi då i en barack, som låg precis invid Göta älv. Vid ett tillfälle, när vi hade varit i Danmark, hade Majsan köpt en Havarti-ost. Det är ju en stark dansk ost, som kan få en säck otvättade sockor att kvala in som alternativa luftrenare. Efter några prövande dagar, hade även hon fått nog av denna exklusiva odör. Jag öppnade då fönstret, och med en kraftig armrörelse kunde jag då förse älvens djurliv med äkta dansk delikatess. Pluppet som uppstod i vassruggen blev till ljuv musik, i samband med befrielsen från broderfolkets gastronomiska terror.

I mars 1976 lirade vi på Blå Aveny i Umeå. Under vår vistelse i den norrländska studentstaden, spelades vårt debutalbum i P3 under två halvtimmeslånga sändningar. Programmets namn var *Veckans svenska LP-skiva*. Fantastiskt, ett litet erkännande. Minns att vi i samband med detta träffade ett band från orten som hade lyssnat, och de var helt lyriska. Av någon märklig anledning, hamnade vi dock inte på Svensktoppen. Varför kan

man undra. Intressant fråga, som kan vara något för framtida forskning att bita i. Majsan, som ju hette Maj-Britt, kallades då för Britt Johansson.

På Malmen vid Medborgarplatsen i Stockholm lirade vi en hel del. Vi var även med i något som hette Måndagsklubben. Det var en klubb för musikanter, som ju ofta har lediga måndagar. Det serverades från en mycket prisvärd meny, där man satsat speciellt på det som var extra lättuggat. "En svart" t.ex. var cognac med coca-cola. Detta låter ju fruktansvärt äckligt tycker jag nu, men det tyckte jag inte då.

Direktsändningarna i P3

Vi gjorde två halvtimmes direktsända konserter i P3 från Sveriges Radios legendariska adress Baltzarsgatan 16 i Malmö. Programmen vi lirade i hette *Onsdag Med Ungdomsredaktionen*, och programledare var den välkände och mycket sympatiske radiomannen Bengt Grafström. Det var ju inte första gången jag och Jorma lirade live i radio, men det kändes alltid lika adrenalistiskt. En av gångerna bjöd hemresan från Skåne upp till Uppland på en riktigt klaustrofobisk upplevelse. Vägbanan var omsluten av kompakt dimma, och det var verkligen tröttsamt och faktiskt mentalt utmattande. Sändningarna gick i alla fall bra, och delar därifrån sändes även i repris.

Majsan och jag träffade Bengt Grafström i Borgholm 2014

Inom Dig

(Text och musik: Magnus Wir=Sven-Magnus Wirbladh)
1.) Jorden snurrar,
och himlen kan faktiskt vara blå!
Tiden den rullar,
iväg och du bara ser på.

2.) Löven faller, säg varför blir det så?
Ingen som svarar,
på de frågor, som du bär på.

Refr.
Hela världen finns där, inom dig,
Med en gyllene nyckel – kan du komma –
in till dig själv!

3.) Står där helt naken,
vid vägskäl som gömmer sig
Ditt eget hjärta, kan ge dig,
den frid, - som helar dig

Från albumet *Alla Dessa Dagar*

KAPITEL 8

England

Det fanns ett rykte, att vi var kända och respekterade bland andra band, och det är ju inte det sämsta. Minns att vi lirade på Västmanland-Dala studentnation i Uppsala sista april anno 1976. Vi står där utanför i snögloppet efter spelningen, packar och tar farväl av goda vänner som var där. Någon dag senare går fyra av oss ombord på ett Fokker-jet på Bromma, för avfärd till Stansted-flygplatsen utanför London, medan Tomas låter den blå Mercedes-bussen bäras över böljorna de blå, av en färja där långt under oss. Jag sitter och funderar på hur det ska gå att hitta varandra i den stora världsmetropolen. Nu visste jag ju att Tomas hade ett medfött inre GPS-system, trots att det här var ett par år innan ens provsatelliterna för GPS hade skjutits upp. Ja ibland vet man mera än vad man inte tror.

Jag sitter och tittar ut genom bussfönstret, när vi åker med flygbussen från flygplatsen Stansted in till London. Det känns som om vi åker genom Sherwoodskogen, och jag tycker mig se Robin Hood där inne bland träden, med de alggröna stammarna. En helt fantastisk känsla att vara i England, landet där så många av mina musikaliska förebilder kom från, och ursprungslandet till det där speciella språket. Väl inne i vårt hotellrum, väntade vi på att få kontakt med Tomas, han visste ju var vi bodde, och han hade telefonnumret dit. Det var en nervös och frustrerande väntan, men så småningom hör han av sig, och efter en stund svänger han in med den blå Mercabussen till hotellet. En fantastisk känsla, att hela bandet var samlat där.

Kanske blev allt det där för mycket för mig, overwhelming som det heter på det lokala tungomålet. Alla intryck och känslor, och jag ifrågasatte min roll i sammanhanget, så jag gick ner för räkning. I denna låga sinnesstämning gick jag ensam ut i den ljumma sommarkvällen, och hamnade så småningom i Hyde Park. Där fanns det utplacerat ett stort antal så´na där gammaldags  solstolar i träram med sitt- och liggdyna i tyg, ja en sådan som jag klämde långfingret i som liten på släktkalas i Småland. Jag sätter mig i en, och där sitter jag helt ensam i hela Hyde Park, och funderar över min plats i tillvaron. Till slut somnar jag, och tillbringar hela natten där. Den tidiga morgonsolens strålar väcker mig försynt, allt känns bättre, och livet återvänder. Jag är med när storstaden vaknar, går förbi en pub där de hanterar tomma ölfat, och jag inser att livet kan vara gott, och att det nog finns plats för mig också på något sätt. Ibland kan man tappa fotfästet, inte alltid lätt att orientera sig i tillvaron, och det hade jag ju känt av tidigare.

De här två veckorna i London i början av maj 1976
bjöd London på ett strålande vackert väder, och
levde inte alls upp till sitt rykte som den regngrå
staden insvept i sin kroniska dimma, som
rökblandats till smog. Långt in i framtiden skulle
jag i egenskap av taxiförare i Uppsala köra ett
engelskt band till Arlanda. Det var Paul Carrack
Band, visserligen utan frontmannen själv. Som för
det mesta, kom jag i samspråk med liraren som satt
bredvid mig där framme. Vi var antagligen
jämnåriga, och jag berättade om när vi var i London
i maj 1976, och att det var ett så fantastiskt fint
väder. Efter en liten betänketid säger han spontant,
att det mindes han mycket väl, för det hade enligt
honom aldrig varit så fint väder i London, varken
tidigare eller senare.

Där i stadsdelen Soho, på Little Newport Street, låg
skivbolaget. Vi välkomnas där av bl.a. Alan Melina,
Paul Jenkins och herrar Hadaway Sr och Jr, dvs.
direktören Henry Hadaway och hans far. Det var
vår manager Michel Jakovljevic som ordnat den här
kontakten, och de hade utöver hans muntliga
referenser lyssnat till vårt album, alltså Stämbandet
där vi sjunger på svenska. Jodå, det fanns några
damer där också, men jag minns tyvärr ej deras
namn, och det var herrarna som basade. Vi hängde
en hel del där på kontoret, och de ordnade fram en
replokal i centrala stan. Vill minnas den låg på
självaste Denmark Street på West End, samma gata
som Radio Luxemburg hade sitt kontor. Det var en
mycket märklig känsla, att komma in i denna
replokal, rehersal studio. Där fanns två trevliga

damer, några decennier mer erfarna än oss, som skötte stället, och som även erbjöd oss nybryggt te. Men här var i alla fall något helt uppåt väggarna. Där fanns massor av foton av okända men mest världskända brittiska band, alla skulle jag vilja påstå inklusive the Beatles. Nu var vi mitt i den brittiska pophistorien epicentrum kändes det som. Nå väl, vi körde igång och jobbade med vår repertoar, inför kommande inspelningar. Minns en gång att vi fick veta, att Eric Burdon med band skulle repa där efter oss. När vi någon timme senare passerade adressen utifrån gatan, stod där en cerisefärgad Rolls Royce.

Skivbolaget vi skrev ett femårskontrakt med hette Satril, Henry Hadaway Organisation. De samarbetade då med PYE, som både pressade vinylerna och distribuerade. Vi fick göra ett studiebesök på presseriet, och jag fick med mig två vinylklumpar, som skulle ha räckt till ett par singelplattor.

Vi spelade även in i PYE legendariska studios, och första inspelningarna gjorde vi i den lilla studion, där the Kinks riff fortfarande satt i väggarna. De föredrog studio 2, den lilla alltså, har jag läst mig till. Där i ATV House, Marble Arch, kom vi att spela in hela vårt album 1977, nästan allting vill jag minnas i studio 1, den stora studion.

Kommer ihåg att vi några gånger åkte förbi en liknande studio i samma stad. Speciellt minns jag

när vi passerade förbi övergångsstället där på Abbey Road.

Vår första platta, en singelvinyl, spelade vi alltså in i studio 2, Kinksstudion. Vi var sista band som lirade in där innan den studion byggdes om. Det var en sång som bolaget föreslog, och som vi också tyckte var bra, och den hette *Got To See Mississippi*. Det var den som nöttes ut i jukeboxen på rockpuben i Reading mellan första och andra gången vi lirade där. Ja de hade ju hört oss, och kände till oss, vilket bekräftar att man måste höras och synas, för att märkas och ha förutsättningar att lyssnas på och uppskattas.

Vi återkom många gånger till England under åren 1976, 1977 och 1978. Vi fick arbetstillstånd, men vi fick kortare och kortare uppehållstillsånd i öriket vartefter. Det var spännande och kul, men märkligt att alla körde på fel sida, men då går det ju bra ändå. Kommer ihåg en natt när jag satt bakom ratten, och körde över ett öppet landskap. Nattdimman smekte heden, och det tornar upp en kyrka med en helt annan arkitektur, än den vi har här hemma. Vill minnas att tornet hade s.k. trappgavel. Ofta hade vi med oss Tony Walker som roadie, alltså biologisk GPS eller stigfinnare, mitt försök till förklaring av begreppet roadie, som är en förkortning av road manager. En cool och sympatisk man från Västindien.

Glamourfri vardag

Det var inte så lätt att få ekonomin att gå runt. En gång när vi skulle ta färjan över engelska kanalen, vilket var ganska dyrt, sparade vi in två biljetter. Det gick till så, att jag och Majsan kröp ner i sängen längst bak i bussen. Vi hade ju en säng längst bak bakom de bakre stolarna. Den var normalt sett alltid reserverad för den som stod i kö för att köra, efter den som för tillfället tjänstgörande bakom ratten. Den var absolut inte avsedd för två personer, men vi var bägge smala. Det var naturligtvis inte alls lika dramatiskt, som det är för de stackars människor som flyr, men en pulshöjare var det i alla fall. Minns vi låg där tysta som möss. Speciellt minns jag att en stor tjänstemannakeps, med blank skärm och myndighetsmässigt utsmyckad, dröja sig kvar vid det fönster, som jag skymtade från min dolda position. Vi klarade oss, och frågan är om vi hade kommit in i England om vi blivit ertappade, eller om vi hade tvingats vinka goodbye till de vita klipporna vid Dover?

Det var tufft att få det praktiska att funka, inkomsterna uteblev ju när vi var i London och spelade in. Jo då, vi turnerade också runt om i England, och vi gjorde även en avstickare till Wales, närmare bestämt Swansea. Där lät några entusiastiska italienare spela in oss på video, och de ville ordna gig i Italien. Det skulle vara mitt i vintern, och då ville vi inte köra genom Alperna. Det kan vi göra en annan gång..... Det var lika med en turné i republiken Irland, det kan vi göra senare.

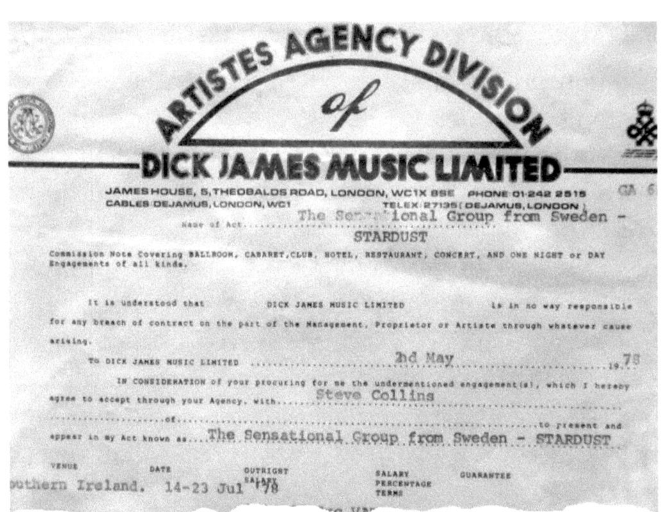

Tillfällen som dyker upp i livet, kommer sällan igen, det kunde vi lära av detta. Vi tackade också nej till att lira i Cameron i Afrika. Med Black Label Blues Band blev vi erbjudna att lira i Moskva, vilket ingen var sugen på då, efter det att en teatersalong där blivit angripen av terrorister.... Hm, en del saker blev inte av, trots att möjligheterna fanns.

Under en höstperiod i London, var det riktigt ebb i kassan. För att klara oss, letade vi efter ett så billigt boende som möjligt. När vi väl hittat ett sådant ställe, och gör entré där, möttes vi av en snubbe som sprejade "frisk luft" i trappan, för att kamouflera odören från små gnagande hotellgäster med svans. I vårt rum hade de stora metallfjädrarna i sängbottnen börja släppa från den textila delen, vilket förde tankarna till han Janne Långbens hemmamiljö. I grabbarnas rum var uppvärmningen

antagligen ett oförutsett problem inför varje höst. I
källaren fanns i alla fall en s.k. lounge, ett mysigt
samlingsrum med en köksdel. Majsan gick ner dit
en morgon för att göra iordning te och mackor. Då
får hon sällskap av en stor Londonråtta, en äldre
gleshårig gentleman, som kollar vad hon håller på
med. Av någon anledning fick Majsan då bråttom
därifrån. Hon mer eller mindre flyger upp genom
trapporna i sitt vita nattlinne, varpå hon möter en
förskräckt vaktmästare som antagligen undrade,
om det var något övernaturligt fenomen som han
fick vara med om, allt enligt hennes egna
berättelse.

Konsertbesök

Måndagen den 31:a maj 1976 åkte vi tåg från
London till Charlton och fotbollsarenan där,
naturligtvis inte för att se fotboll, utan för att
uppleva musik. Jormas syster Anita, som då
jobbade som au pair i landet, var också med. Denna
dag, som var sista måndagen i maj, är s.k. bank
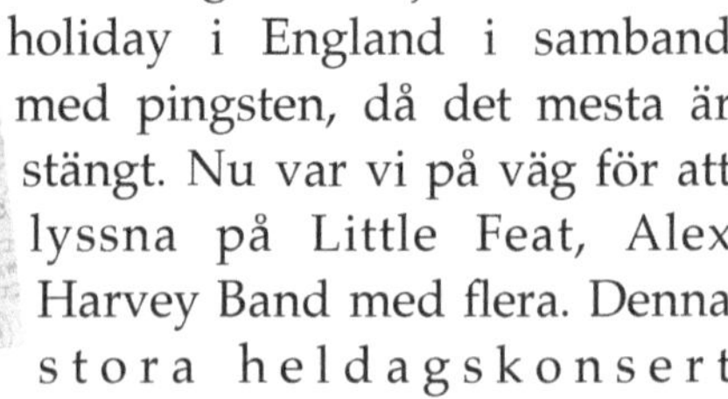

holiday i England i samband
med pingsten, då det mesta är
stängt. Nu var vi på väg för att
lyssna på Little Feat, Alex
Harvey Band med flera. Denna
stora heldagskonsert
avslutades med huvudattraktionen The Who! Där
var alla originalmedlemmarna, och det var ett av
deras sista gig med trummisen Keith Moon.
Stämningen var hög, och gräsdoften från
fotbollsplanen blandades med doften från

medhavda minigräsbränder och rödvin. Det var en enda stor happening och gemenskap, som var typisk för vår generation, intet ont anande om framtida polariseringar och hårda samhällsklimat. Vi var efterkrigstidens barn, som kollektivt brann för en fredlig och solidarisk värld, musikaliskt inramad, melodiskt och bejakande, i kalla krigets skugga och med Henry Kissingers diffusa siluett.

Den destruktiva koreografin må ha varit rebellisk, men mest imponerad blev jag av den briljanta stämsång som det brittiska världsbandet presterade. Ljudet var mycket bra, och Guiness Rekordbok klassade konserten som den vid tiden ljudstarkaste konserten. Dessutom ramade de in grabbarna i laserljus. Ett helt oförglömligt konsertminne.

Samma månad, maj 1976, var vi även på en inomhuskonsert i huvudstaden. Det var ett lokalt band från London som lirade i Earl's Court Arena. Det är första och enda gången jag sett The Rolling Stones. Mick Jagger måste ha haft en enorm kondition, antagligen som en skidskytt, där han klättrande och sjungande for fram på scenen. Jag hade så klart lyssnat en hel del på detta kultband under flera år, köpte deras första album direkt när det kom. Men, där och då under denna konsert upptäckte jag, vilken stor betydelse Keith Richards riff hade för hela deras sound. Med på scenen då var också Bill Wyman, Charlie Watts och Ronnie Wood, och Billy Preston förstärkte med klaviaturspel.

Jorma och jag lyssnade på Uriah Heep på Hammersmith Odeon. Har för mig att vi inte kunde stanna kvar hela konserten pga. ett gitarrljud som åt sig in i våra huvuden. Ljudmixaren hade nog filtrerat sin egen diskanthörsel kraftigt, genom tillfällig feldosering av sitt maltdrycksintag, bara en gissning från min sida. Vid ett annat tillfälle åkte Charlie och jag långan väg i Stor-London för att lyssna på Pretty Things. Däremot missade jag en konsert med skotten Frankie Miller, men Majsan och jag lyssnade på denne briljante rocksinger/songwriter några år senare på Rackis i Uppsala.

Den 18:e september 1976 var det en gratiskonsert i Hyde Park. Det var inte så många band, och huvudakten var Queen. En helt fantastisk konsert, med detta udda band, med sin stämsång och helt egna sound. Solosångaren Freddie Mercurys energi och utstrålning i kombination med arrangemangen lämnade ingen oberörd. Vi stod ganska nära scenen, och när de hade framfört det sista numret, ville arrangörerna att vi i publiken skulle hjälpa till att städa upp. OK, tänkte väl vi, varför inte, det var ju en gratiskonsert, och så här efteråt inser jag lätt att det var musikhistoria som skrevs där och då.

Londondimman sänkte sig över staden den här höstkvällen. Vi gick omkring där och plockade undan, och sedan drog vi därifrån. Det var minst 150.000 som kommit dit denna dag, så det var inte så lätt att hålla ihop vårt lilla gäng, när denna folkmassa vällde ut från parken. Efter en stund insåg vi, att Majsan saknades. Vi väntade, men hon dök inte upp. Minns ej om vi gick tillbaks, men det kändes inte alls bra, att vi inte hade koll på var hon var. Vad kunde vi göra då, så många år innan mobiltelefonerna tog över världen. Vi tog oss till Hammersmith, eftersom det var uppgjort sedan tidigare, att vi kulle sova över hos vår skivproducent Paul Jenkins där. Jag somnade väl så småningom av utmattning och ångest. Minns ej när jag ringde till polisen för att anmäla henne försvunnen, och för att höra om de kunde hjälpa oss. Jag blev i alla fall kopplad till Scotland Yard, alltså kriminalpolisen. Tidigt på morgonen gick jag till polisstationen i Hammersmith. Jag var helt förtvivlad, där jag satt i en fönsternisch i polishusets tjocka gula stenvägg. Efter en stund, som jag nog upplevde som mycket längre än vad den antagligen egentligen var, ser jag att poliserna bakom disken tittar på mig och samtidigt pratar med varandra. Så ropar de på mig. De hade fått tag på henne, hon fanns hos polisen vid King's Cross station. Lättnaden var obeskrivlig, och jag tog mig genast dit. Vi skulle få ytterligare 40 år och fyra månader tillsammans. Då hade vi redan varit arbets- och livskamrater 24/7 under sex år.

Ja vi befann oss i detta märkliga land ofta under de där tre åren 1976-1978. Minns när vi var i

Manchester, och vi erbjöds övernattning som skivbolaget hade ordnat. Vi kommer dit sent på kvällen, eller tidigt om natten. Oj här var det mysigt, en liten pub med någon äldre lirare som satt vid bardisken. Efter en stund ser jag att det sitter en massa guld- och platinaskivor på väggen. Märkligt, tänkte jag, då jag närmade mig en för att kolla vad det var för bestseller. Aha, Thin Lizzy, och nästa platta var också Thin Lizzy, och nästa, ja faktiskt alla! Varför hängde detta förträffliga irländska hårdrocksbands troféer här på väggen? Förklaringen var den, att den trevliga mörkhåriga ägarinnan av stället, vår landlady, hade en son som lirade i bandet med de ädla väggplattorna. Hon var mor till bandets frontfigur, den legendariske Phil Lynott. Nu drev hon detta trevliga musikanthotell.

Dick James var en profil inom musikindustrin i England under de här åren, och Elton John var hans stora artist på etiketten DJM, Dick James Music alltså. Vi bokades ju av Dick James Music Agency i London för gig i England och även en hel del på kontinenten. En gång när jag var där på deras kontor, träffade jag en mycket glad och sympatisk person, nämligen den amerikanske soulsångaren Geno Washington. Härlig lirare som spred positiv livsglädje, möjligen boostad med rocktobak. Med bandet The Ram Jam Band hade han haft en del hits. Han var nu här i samband med att han spelade in ett par album för DJM, och jag fick ett album av honom där uppe på deras kontor. Vår bokare på DJM-agenturen, George Austin, sa en gång till mig, att de gärna hade skrivit kontrakt med oss om inte Satril hunnit före. I filmen om Elton John framkommer att han Dick James inte var så kul att jobba åt, så det kanske var bäst det som blev. Det var en märklig tid, denna teknikfossila era: George Austin ringer till mig i Månkarbo många gånger, där jag svarar i vår av Kungliga Televerket inkopplade grå telefon med nummertrissa. Vi lägger upp turnéer i bl.a. Tyskland och England. Minns när han sa att vi skulle lira i, som jag uppfattade det: "Kållånn". Hade aldrig hört talas om något ställe i Tyskland som hette så, men så småningom gick det upp ett ljus, det var ju Köln, som på engelska heter Cologne, och uttalas "Kållånn". Visst ja, Eau de Cologne betyder ju vatten från Köln, det visste jag ju, och där hade tydligen engelskan anammat det franska namnet på den tyska staden. Inte lätt att hålla reda på allt.

Vi hängde ju ofta på vårt skivbolag där i Soho i London. Minns en gång då bossen Henry presenterade en välkänd man inom den brittiska musikscenen, så jag skakade hand med honom. Det var Dave Dee, som med sin grupp Dave Dee, Dozy, Beaky, Mick & Tich hade flera hits, bl.a. en stor framgång 1968 med *The Legend Of Xanadu*. En vinyl jag gärna lirade när jag var Tierps första DJ i Sveasalen det året.

Vi spelade in vårt album 1977, och då bodde vi i en gammal fin villa med prunkande trädgård i den fina Londonstadsdelen Golders Green. Vi hyrde

övervåningen av en äldre dam vid namn Sheila. Hon hade t.o.m. en medhjälpare, för att fixa allt, för det var ju bed and breakfast. Engelsk frukost gällde här, och jag gillade hennes te, de vita bönorna, det stekta ägget med bacon och rostat bröd. Vi kunde själva köpa mjölk om vi ville av mjölkmannen, genom att ställa ut ett tomglas på kvällen, en fin gammal brittisk servicetradition som någon svensk innovatör slog sönder så småningom genom sina revolutionerande pappförpackningar. Den 23:e april detta år fyllde jag 30. Det kunde vi så klart inte ta hänsyn till, utan vi samlades som vanligt i PYE studio 1. Döm om min stora förvåning, när skivbolagsdirektören själv kommer in i studion med tårta. Denna chokladöverdragna runda fina gest gör, att jag minns denna födelsedag.

På bilden här uppe från kontrollrummet i PYE studio 1 står jag bakom fr. v. Guido Reidy, Kim Maxwell, Henry Hadaway och en del av Charlie. Jag är tacksam över att ha fått vara med under detta helt enorma teknikskifte, från analogt till digitalt. Då under det glada sjuttiotalet var det analog teknik som gällde, något annat fanns inte helt enkelt. Hela sättet att arbeta i studio, såväl för tekniker, musiker och artist, har ändrats totalt. Fantastiskt att ha fått vara med i bägge dessa världar.

Två speciella gig

Två gig i London minns jag speciellt. Det ena var Fangs Disco. Ett helt OK ställe, fullt med glada människor, feststämning, vi lirade och allt kändes toppen. När vi var klara ville bossen att vi skulle packa och plocka undan direkt, trots att diskoteket lirade för fullt, och det var packat på dansgolvet. Han ville väl kunna släcka och gå hem direkt när han stängde, och det förstår jag. Men, det är inte lätt att plocka undan när det är fullt med folk i rörelse, där man ska gå och bära prylar. Jag framförde mina synpunkter, och frågade om vi kunde vänta till publiken gått. Nej, det gick han inte med på, varpå jag förmodligen sa något som han uppfattade som provocerande. Antagligen en kulturkrock, för det är skillnad på hur förhållandet är mellan chef och underställd i Sverige och i Storbritannien. På något märkligt sätt fördröjde vi nedriggningen, så det var tomt i lokalen när vi packade. Jag kanske föll på eget grepp, eftersom detta möjliggjorde för chefen att kunna springa runt och jaga mig med en kätting. Som tur var missade han mitt huvud under sina ivriga försök att få in en fullträff, eller så ville han bara markera. Han hade en stor snaggad och kraftig vakt, och som tur var hade vi honom på vår sida.

Ett annat gig i huvudstaden, som jag minns speciellt, var när vi lirade på innestället The Speakeasy Club på 48 Margaret Street, Londons motsvarighet till Alexandras i Stockholm och Leopard Club i Oslo. Vårt gig där gick bra, och jag minns att Majsan sjöng en då aktuell sång på franska, laserad av Mireille Mathieu. Trots att det var i London, gick sången hem hos publiken.

Top of the pops

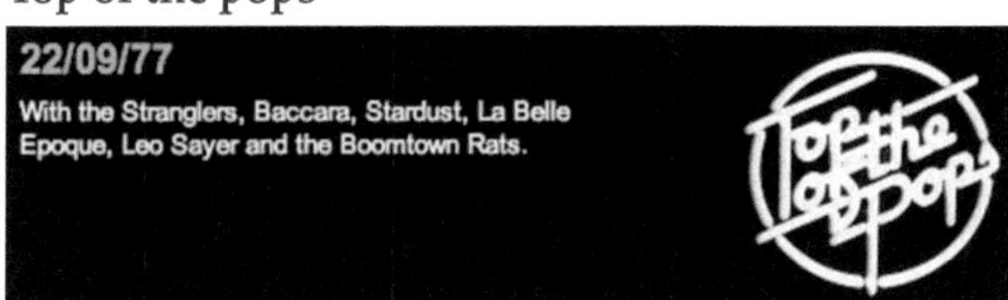

Vi lirade ju en hel del på olika Natobaser, såväl i England som på kontinenten. En kväll var vi bokade på engelska flottans bas i Portsmouth. Dagen efter skulle vi vara med i BBC:s stora TV-show *Top Of The Pops*. Minns när jag knappt fem år senare på TV såg hangarfartyg kommenderas därifrån av järnladyn, premiärminister Margaret Thatcher, för att hävda brittisk dominans över en vindpinad ögrupp i sydvästra Atlanten. Nu underhöll vi drottningens glada sjömän, och stämningen var på topp. Efter spelningen packade vi den blå Mercabussen, eller "the van" som engelsmännen sa. Vi körde direkt upp till London, och parkerade utanför PYE-studios "Downtown" i närheten av Marble Arch, som Petula Clark sjöng in en gång i tiden på den adressen. Där utanför sitter vi nu och försöker sova, hm minns ej vem som låg i sängen, kanske den som sist körde. Vi skulle framföra vår låt singback i TV, dvs. vårt komp skulle vara förinspelat, men sången och även stråkarna skulle köras live, alltså direkt i TV-studion. Nu hade vi ju redan spelat in låten, den var ju utgiven på skiva, men den engelska fackföreningsrörelsen har nog aldrig varit att leka med. Enligt deras regelbok skulle det alltid gå till så att en kontrollant, minns ej om vederbörande representerade facket eller BBC, skulle kolla så att bandet spelade själva. Därför satt vi nu där och försökte sova lite, innan det var dags att med pigga steg skutta in i studion. OK, det gick utan problem. Antar att vi tryckte i oss någon snabbmat sedan innan vi åkte vidare till det stora TV-huset.

Väl på plats vidtog repetioner inför inspelningen av själva programmet, som sändes senare på kvällen har jag för mig. Minns speciellt The Stranglers där bland artistlogerna. När vi så var på den stora scenen under repetitionen, så uppstod det en viss oro bland stråksektionen och dess ledare. Noterna var skrivna i fel tonart! Ja det har kunnat gå åt pipan direkt, men de var mycket professionella och coola. Tror de transponerade allt direkt utan att skriva om. Men hur kunde det bli så här. Jo vår käre chefsproducent, ja alltså han skivbolagsdirektören själv, hade tänkt helt rätt och kreativt. Han hade låtit sänka bandhastigheten vid inspelningen av stråkarna på den här låten, för att de skulle låta tuffare och mera speedade vid uppspelning. Sänker man hastigheten något, sänker man även tonarten, men det är mänskligt att glömma, så fiolerna felade om man säger så ....

Efter inspelningarna var det fest uppe i baren på det stora BBC-huset. Där hängde vi, spanska tjejerna i Baccara med flera. Där var även Bengt-Erik Nordell, nöjeschef på svenska TV1, som det hette då. Han var i stan för att deala program med BBC. Trevlig karl, som en tid senare försökte få med oss i ett svenskt musikprogram som hette Måndagsbörsen. Eftersom kravet där var, att man skulle vara aktuell med ett färskt skivsläpp, blev det inget av, tajmingen lirade inte och tiden rann ut. Men, vi var ju nästan med i alla fall :)

Det här var alltså hösten 1977, men BBC körde programmet i repris tre gånger 2012. Vårt skivbolag hade uppenbarligen inte möjligheter att lansera mer än ett nummer i denna legendariska TV-show. Rocktidningen *Sounds* skrev så här:
"De kommer att bli stora, stora, STORA.....jag tycker de är helt suveräna". Det här var ju inte den tidningens musik, men de föll för vår musik i alla

fall! Skribenten hade hört oss sent en natt på Radio Capital, och det var Jormas låt Rider han hade hört. Han fortsatte: "Sub-Doobie Brothers discofloss backin and a falsetto vocal bending over backwards" Verkligen tråkigt att vi inte fick chansen att göra den låten också i Top Of The Pops....

Minns när jag gick omkring i PYE studios mellan tagningarna, och fick se ett trumset stå i ett hörn i någon gång där, inpackat i sina trumboxar. Ägaren till trummorna hade namnlappar på boxarna. Jag gick närmare och läste namnet på ägaren: Brian Bennet. Han var trummisen i det legendariska engelska bandet The Shadows, som inte behöver någon närmare presentation för de som lyssnade på popmusik under 60-talet.

När vi lirade i Liverpool, ja då kände jag också pophistoriens vingslag, när vi åkte i tunnel under floden Mersey. En hel poprockgenre fick ju sitt namn Merseybeat, efter några band från Liverpool,

STARDUST

November

26th	Saturday	Pantiles Club, Bagshot, Surrey
28th	Monday	Rainbow Club, Swansea
29th	Tuesday	Hall of Residence, Reading University, Berks.

December

2nd	Friday	Sands Showbar, Skegness
3rd	Saturday	Porter House, Retford
4th	Sunday	The Nightspot, Bedford
5th	Monday	Barbarella's, Birmingham
6th	Tuesday	Bunny's Place, Cleethorpes
8th	Thursday	Doncaster College of Education
9th	Friday	The Royalty Nightspot, Southgate, London

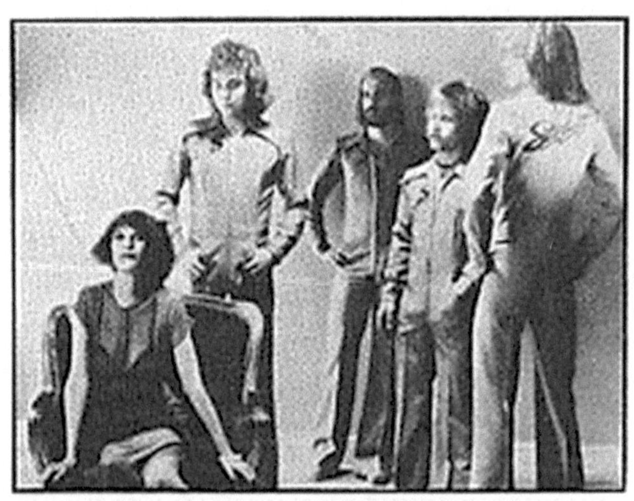

10th	Saturday	Coronation Hall, Kingston, Surrey
14th	Wednesday	Fangs, Praed Street, London W2.
16th	Friday	Annabells Club, Sunderland
19th	Monday	Stardust Club, Corby, Northampton

som the Beatles, the Searchers och Gerry and the Pacemakers. Vi var bl.a. med i Radio City, den lokala radiostationen i Liverpool..

En gång i London hade vi varit på fest. Alla hade tagit någon öl. När vi drog därifrån satte sig Tomas bakom ratten. Han hade tagit en öl tidigare på kvällen, och kände att han var OK med att köra. Vi blev så klart stoppade av polisen, och de var intresserade av att se Tomas blåsa i en ballong. Tillfället, både tidsmässigt och geografiskt, kändes inte riktig väl valt för ett ballongtrick. Det blev mycket tyst i bussen, ja man skulle nog kunna hört ett osthål falla, medan vi alla satt där och höll andan. Men Tomas gjorde tydligen succé, så vi kunde fortsätta färden i den sena Londontrafiken.

Unga och Vackra *(Text och musik: Magnus Wir=S-M Wirbladh)*
1. Jag minns ännu min första tid
de stapplande stegen, då musiken blev mitt liv,
och när vi bildade vårt första band,
ännu små spår kvar i hembygdens sand.
Från radions brusiga mellanvågsband
kom musiken som gav mig min blodade tand
Bob Stewart lira' skivor hela natten lång
Från Luxemburg sändes nya tidens sång.

Refräng:
Vi var unga och vackra, och vi hade inga andra krav
än att hela världen skulle höra oss,
och framtiden var ett ändlöst, helt öppet hav

2. I mitten av 70-talet, då vi borde vara mogna nog,
i stället åker vi Europa runt,
som i en spännande sagoskog,
och där var vi, ett turnerande band,
ja som en familj på hjul,
med många tankar kvar i vårt land,
för våra starka känsloband

3. När vi kommer ner till Tyskland,
och stannar till vid en mack,
så ringer jag vår roadie, för att få ett snack,
"Jag är en svart amerikan", sa han ordagrant till mig
"Kalla mig Doc, jag hittar här, det kan jag lova dig"!

4.Vi åkte sedan vidare, över en delad kontinent,
vi mötte soldater, så trötta,
som undra' varför de hit hade sänts?
Vi tog färjan över kanalen, till Dovers vita strand
på väg upp till London, för att spela in vårt band.
Från albumet *När Dagen Är Sen*

KAPITEL 9

Norge

Norge blev nästan som ett andra hemland. Vi hade mycket trevligt i Porsgrunn, som vi återkom till ofta. Två gånger lirade vi i Norge den sjuttonde maj. Nationaldagen i Norge firas ungefär som Valborgsmässoaftonen i Uppsala. Vi var i Norge den *syttende mai* en gång i Porsgrunn och en gång i Oslo, och det blev mycket uppskattat när vi, en svensk orkester, lirade deras nationalsång. I Porsgrunn satt vi alltid efter spelningarna i personalutrymmet och tog varsin Ringnes fatpils. Jag skulle vilja påstå, att alla nordiska länderna har god öl. Hur som helst, det här var inte någon särskilt stark öl, så man blev varken tokyr i bollen eller uppkäftig. Vid ett tillfälle, när vi var bokade där, var det någon form av vägarbete precis utanför personalutgången. Alldeles utanför dörren direkt till höger, var det en brant cementtrappa ner till källarplanet. Pga. vägarbetet fans där nu ett plank, som effektivt skuggade av gatubelysningen, så att den branta trappan låg i kompakt skugga. När Jorma gick ut, tänkte han inte på trappan, som inte syntes, och vek av för tidigt till höger. Han föll handlöst, bokstavligt talat på skalle, rätt ner i trappan. Det var inte alls bra. Det blev ambulans direkt till sjukhuset. Vi var så klart alla bestörta, hur allvarligt blev det här? Han fick ligga någon dag, och vi trixade oss igenom repertoaren nästa kväll kraftigt skadeskjutna, men det värsta var oron över hans hälsa. Vi fick bryta kontraktet, och de hittade ett annat band. Därefter åkte vi hem till Sverige. Jorma var ganska snart på benen igen, tack och lov! Dramatiskt blev det verkligen.

I Oslo lirade vi också ofta, bl.a. på Ribo och Humla, två dansrestauranger på Universitetgata 26, en sidogata till Karl Johans gate. En gång när vi skulle lira på andra etaget, dvs. Humla, höll ett svenskt dansband på att koppla upp sina prylar på nedervåningen, Ribo. Detta helt okända band visade sig komma från Skåne, och kallade sig Lasse-Stefans, och de hade många manicker.

Det här nöjespalatset hade tre våningar, eller tre etager som de sa. Från markplan: Ribo, Humla och Down Town Key Club. Efter att vi lirat färdigt, brukade vi gå högst upp till Down Town, som var en jazzklubb. Eftersom de enbart serverade jästa drycker och inte destillerade, blev ju behovet av de sistnämnda dropparnas beskaffenhet naturligtvis helt nödvändiga. Därför brukade vi med en blinkning till den trevlige servitören Eriksen beställa "sockervann". Det var en härlig atmosfär där uppe, och de hade en huspianist vid namn Øisten, som lirade på flygeln där, om ingen extern musiker eller grupp var inbokad. En gång hade de bokat en trio bestående av amerikan-svenske basisten Red Mitchell, den norske trummisen Egil Johansen, far till sångaren Jan Johansen, och den amerikanske gitarristen Barney Kessel. Oj, vilket band, helt underbara, jazzmusik i världsklass! Inte nog med att de lirade fantastiskt, de var lika trevliga socialt som de var bra på att lira. En afton som jag sent ska glömma.

Ett annat speciellt minne från Ribo-Humla som jag har, väcker däremot starka och obehagliga känslor. Minns när jag står i omklädningsrummet för personalen, där vi hade egna skåp. På ett av dessa skåp fanns en stämpel med tyska örnen och symboler för tredje riket. Där hade alltså ockupationsmakten under andra världskriget hållit till. Nu när jag skriver detta, är det längre sedan jag stod där och tittade på det där skåpet, än tiden från att någon stämplade dit detta maktsignum, till dess jag stod där och iakttog eländet. Tiden....

Leoparden
I Oslo lirade vi även ofta på innestället nummer ett, Leopard Club, eller Leoparden som det hette i folkmun, Oslos motsvarighet till Alexandra´s i Stockholm. Angående Alexandra´s, så fick vi speciella medlemskort dit av Alexandra Charles, som Lasse Berghagen hade ordnat med. Syftet var naturligtvis, att vi då hade en inkörsport till kändis- och inne-Sverige. Tack för omtanken, som ju enbart var god, men vi fattade inte det då. Jag kan så här efteråt gräma mig över att vi var så "dumma". Men hallå, om det handlar mest om att bygga kontaktnät, och mindre om vad man yrkesmässigt presterar, så bör vi i alla fall inte skämmas, och tycka att vi var töntiga. Kom att tänka på en gång i

London, när vi var på party hemma hos sångerskan Lesley Duncans brorsa. Där snackade jag med en mycket beskäftig ung dam, som dels ansåg att Peter Gabriel var helt ute, "information" jag gärna kunde vara utan. Tio år senare kommer karln med brottarhiten *Sledgehammer.* Men sedan kom något annat ur den beskäftigas näbb, som jag måste medge var helt korrekt, och i praktiken antagligen helt tragiskt evidensbaserat. Hon framhöll nämligen, att det inte spelar någon roll vem man är, utan enbart vem man känner....

Ursäkta min utsvävning till ett par andra huvudstäder. Leoparden var ett mycket trevligt ställe att lira på. Sångaren Jan Høiland hängde ofta där, ja det var ju innestället nummer ett. Där kom vi i kontakt med showgruppen Dizzie Tunes med Grethe Kausland och svensk-norrmannen Benny Borg. Härliga och roliga människor, som bjöd in oss att se deras show. Vi lirade även på det då nybyggda SAS Hotel Scandinavia, senare Radisson Blu Scandinavia Hotel, och deras diskotek Hetlands Juballong. Där bodde vi flott i hotellets rum. Det var när vi lirade där, som vi kom i kontakt med Michel, som blev vår manager. Nu är han här igen, sa vi, den där välklädde mannen med sitt svarta skägg. Han kontaktade oss, och undrade om han fick bli vår manager. Han presenterade sig som säljare för Teleprint International i Schweiz. Vi trodde han var därifrån, så innan vi lärde känna honom närmare, kallade vi honom internt för Schweizerosten. Det visade sig att han hade bott i

England, men var född i Belgrad, Jugoslavien. Hans namn var Miodrag Jakovljevic, och kallades Michel, men han blev Osten för oss, en levnadsglad och härlig människa som jag minns med värme. Han gjorde mycket för oss.

Minns andra gig i den norska huvudstaden där vi bodde betydligt enklare, ibland i gamla bostadsbestånd med utedass eller med wc i trapphuset. Den sistnämnda lägenheten låg på Thorvald Meyers gate, mittemot Schous bryggeri, som jag minns det. De kvarteren blev längre in i framtiden bland de mest hippa i hela Oslo.

Dramatiskt Oslo-minne

Nu ska jag berätta om en för mig mycket dramatisk händelse i Oslo. Vi lirade vid något tillfälle på Bristol Hotel. Minns att vi tog taxi dit inför en spelkväll, var vi bodde just då minns jag inte. Vi kommer in i receptionen, och jag fryser till, var är min svarta portfölj, kapellmästarväskan där jag hade bandets gage sedan något tidigare gig. Det var många tankar som for genom min relativt unga skalle, och minen påminde antagligen om Karl-Bertil Jonssons, när han skulle berätta vad han höll på med där i den tecknade julaftonsfilmen. Men det kändes dock inte alls som julafton, jag höll på att hamna i totalt upplösningstillstånd. Då öppnas ytterdörren, och in kommer taxiföraren med min portfölj, sträcker fram den till mig och frågar: "Är det deres?, jeg såg den i backspegeln, den låg på hatthylla". En riktig taxichaufför med ansvar, tack, det där är något jag minns med stor tacksamhet!

Tromsø

Hela juni 1974 lirade vi i Tromsø, alltså en bit norr om Sverige. En oförglömlig månad, där vi verkligen upplevde midnattssol. Det var blå himmel dygnet runt, och den gröna dalen kontrasterade mot snön uppe i fjällterrängen runt fjorden.

Sverige har et stort utvalg av gode orkestre, og blant dem er Stämbandet med Britt Johansson som solist.

Her ser vi bandet som opptrer på Grand restaurant i Tromsø i denne må ed.

På tidningsklippet här är det Charlie, Leif Alverstam, Jorma, jag och Majsan. Vi drack vatten direkt ur fjällbäckarna, och vi åkte upp till den högre marknivån med fjellheisen, den stora hängande linbanebussen, som tog in max 28 personer. Utsikten där uppifrån var magnifik. Tromsø är känt för sitt goda öl, och vi gick naturligtvis till Mack-bryggeriets egna ölhall, som bara bekräftade det vi redan visste. Inte helt fel att brygga öl på det klara fjällvattnet. Vi lirade på ett stort fint ställe som hette Grand Nordic Hotel. För att få nattklubbsstämning, drog de för stora tunga gardiner, som effektivt utestängde midnattssolen. Ja, och vad ska man säga som "sydlänning" i sammanhanget, "hemmablind" kanske? Ändå har de polarnatt där uppe halva året, d.v.s. det motsatta till midnattssol. Så fort sista tonen klingat ut efter varje spelning, gick vi ner till hamnen där räkbåtarna landade sin fångst. Där köpte vi direkt från skeppen stora varma ishavs-räkor, som hade kokats ombord. Färskare räkor kan man inte få tag i, om man säger så. Vi tog hem dessa vita påsar, där delikatesserna placerats. Väl hemkomna till de tillfälliga boningarna, lät vi våra gommar bli än mer exalterade. I samband med att skalhögarna växte, tömde vi nämligen en och annan plåtburk med ortens förträffliga ölbrygder. Som om detta inte var nog besökte vi, åtminstone vad jag minns minst en gång, en fiskrestaurang, där vi åt breiflabb, eller marulk som denna speciella firre heter på svenska, en djupvattenfisk med grym look, men bland den godaste av fiskar jag någonsin ätit.

Vår vistelse där uppe norr om vårt land, skedde alltså under juni 1974. Norges kronprins hette då Harald, men jag har aldrig hälsat på honom. Däremot kom han tillsammans med sin maka Sonja på besök till Tromsø när vi var där. En stor bankett ordnades på Grand Nordic Hotel, och vi fick i uppgift att spela en ingångsmarsch, när kronprinsparet kom in i lokalen. Vi instruerades även att med blicken följa de kungliga, när de skred till sina platser vid det stora bordet, som redan hade befolkats av dignitärer med tungt piercad garderob. När jag skriver detta, har den dåvarande kronprinsen varit kung Harald V av Norge under drygt trettio år.

Ja vi spelade en hel del i Norge, minns när vi lånade en tretton meters lång Scania-buss en gång, med vilken jag tappade väggreppet mitt på den hala isbelagda hängbron i Kongsvinger. Finns även vintervägminnen från Norge, när vi i hala uppförsbackar känner oss trängda, när framförvarande långtradare har problem med att fortsätta uppåt, och plötslig börjar glida bakåt mot oss. Vi lirade även på några ytterligare platser i vårt vackra grannland, orter som Drøbak och Lillestrøm. Minns även den goda snabbmaten pølse med lompe, korv med en sorts tunnbröd.

Svensk rockeband mer kjent i utlandet enn i hjemlandet

The show must go on

Vi hade många gig i vårt kära grannland Norge, och speciellt ofta lirade vi ju i Porsgrunn vid Oslofjordens östra strand i Telemark, söder om huvudstaden. Folkets Hus hette det där stället i Porsgrunn, som hade två lokaler, en uppe och en i källaren. Vi spelade oftast uppe. Det var för det mesta två band, eftersom bägge lokalerna brukade vara öppna samtidigt. Det var så vist ordnat, att arrangören hade ett helt hus speciellt för orkestrarna att bo i. Ja, det blev ju därefter, nattsudd med festudd. Kommer speciellt ihåg den norsk-amerikanske rockstjärnan Jan Rohde, som vi träffade och festade med ofta där i Porsgrunn. En trevlig, kul och duktig kille, som gick bort alldeles för tidigt. Träffade honom sista gången den femte april 2003 på Tyrol, den speciella nöjeskrogen på Gröna Lund i Stockholm. Jag var där tillsammans med Playmates från Gävle, som jag lirade med ibland. Det var en säregen kväll, där Hans Edler hade dragit ihop den gamla rockeliten. Sångaren i Playmates, Michael Johansson, hade ju haft en stor hit på sextiotalet tillsammans med Tommy Körberg, under deras aktnamn Tom & Mick med låten *Sombody´s Taken Maria Away*. Nu var han där med sitt gamla band Playmates från hemstaden Gävle. Där var även Gert Lengstrand från Streaplers, Rock Ragge och Little Gerhard m.fl. Rockpianisten Kenneth Swanström, Sveriges Jerry Lee Lewis, var också där. Jag stod back stage och tittade in på scenen från sidan, och kollade när han lirade. Därefter gick jag en trappa ner under scenen och logerna, kollade lite vad som fanns där för att fördriva tiden, och jag kanske var in på muggen där nere, minns ej. Jag står i alla fall där och filosoferar, då jag plötsligt hör ett brak, med en tung duns ovanför. Jag fattade inte vad som hände, men när jag efter en stund går upp till "min" loge, ligger den där pianisten på golvet där inne. Folk strömmar till, jag går därifrån när sjukvårdskunniga kommer in, och så småningom ambulanspersonal. Karln, som nyss varit så livfull med sina rocksolon, hade fallit död ner när hans hjärta slutade slå.

Allt var så overkligt. Där i logen hade jag tidigare på kvällen suttit vid bordet och blivit bjuden på räkor av Leif "Burken" Björklund, och även surrat med "rockande samen" Sven-Gösta Jonsson. Nu var stämningen tung, och Rock-Olga grät. Mitt i allt detta var det dags för oss att äntra scenen. Nu satt jag där och lirade, på samma piano som han nyss spelat på, pianisten som jag visste låg död i logen strax bredvid. Publiken visste ingenting. The show must go on.

KAPITEL 10

Kontinenten

Det var precis som jag sjunger i sången *Unga och Vackra* på albumet *När Dagen Är Sen,* eller på engelska i *Young and Beautiful* från albumet med *Stardust Revival.* Vår bokningsagentur hade ordnat med en roadmanager nere i Tyskland, eller roadie som man sa, dvs. en stigfinnare eller levande GPS. Vi stannar vid första bästa rastställe vid tyska autobahn. Jag går till en telefonkiosk där och ringer numret jag fått till denne roadie. "Jag är en svart amerikan" säger han direkt till mig. Denne man, Clarence som han hette, eller "Doc" som han kallades, var en mycket trevlig person. Han hade hoppat av Vietnamskiten och gift sig i Tyskland. Minns en gång när han körde med sin bil före oss, och vi tappade bort honom, ja det var ju flera bilar som var ute och åkte om man säger så. Vi var helt borta, visste inte var vi var vad. Vi stannar vid en mack, och Majsan tittar i en tidning, och hon hittar en annons, där det står var vi ska lira. Då visste vi det viktigaste, så det ordnade sig i alla fall.

Den gode Doc var en välväxt kraftig karl, medan undertecknad fortfarande rent anatomiskt var enligt antropologins grunder ett typiskt popsnöre. En gång sa han till mig, med glimten i ögat, att "du ser ut som klockan 6". Jag brukar inte bli svarslös, utan svarade direkt "och du ser ut som klockan 3".

Vi åkte ju ner till kontinenten och snurrade runt där en hel del. Det var ett delat Europa under kalla kriget, med järnridån som skilde öst från väst. Militäralliansen Atlantpakten, NATO, hade sina militärbaser runt om i Väst-Europa. Vi lirade en del på några av dessa baser i Tyskland, Holland, Belgien och England. I Bryssel lirade vi på NATOs högkvarter. Minns att det var väldigt många harar eller om det var vildkaniner, som sprang omkring på gräsmattan i ljuskäglorna från vår buss där utanför högkvarteret. Så minns jag när vi lirade på en amerikansk bas i Tyskland, där vi fick växla in våra pengar i dollar, om vi var intresserade av att handla i kiosken. Allt var ju amerikanskt, jordnötter med mera. Ja det var ju amerikansk territorium liksom. Vi träffade Vietnamsoldater, som märkta av sjuk politik med våldets destruktiva vanmakt, helst av allt ville hoppa av eländet och åka hem, men av ekonomiska skäl satt där de satt. Vi spelade också för engelska flottan och engelska flygvapnet. Vi bokades både från England, där George Austin på DJM:s agentur ordnade gig för oss, och vi hade även en bokare i Maastricht i Holland. Holländaren kallade vi internt för älgen, eftersom vi tyckte han påminde utseendemässigt om en älg. Nej då, han hade inga horn, tror det var något med ögonen. Det är inte det sämsta, att bli jämförd med skogens konung. Han var trevlig, och ordnade en bostad åt oss i en villa i närheten av staden Maastricht, på andra sidan gränsen i Belgien, i en liten by som jag tror hette Rosentahl. Vi repade där i källaren, och ett mindre smickrande minne därifrån är fönstren,

som var mycket fuktiga på insidan. Denna kondens berodde antagligen på dålig ventilation? Det fanns en liten pub bredvid, så när vi inte repade kunde vi hänga där och ventilera.

Foto: Theo Bakker, Rotterdam.

Minns när vi i februari månad var i Maastricht, och det var vårkarneval där. Festlig stämning och vårkänning i februari, inte helt fel. Tomas köpte en hel ost, alltså ett helt osthjul, som vi lyckades trycka in i bussen utan osthyvel. Det var en speciell känsla att åka omkring på kontinenten, minns en gång när vi var uppe i ardennerna, högländerna i Belgien, och lirade. Vi lyssnade på radion så klart när vi åkte, om vi inte spelade musik från någon kassett. Vid något tillfälle hörde vi faktiskt oss själva i de tyskspråkiga sändningarna på Radio Luxemburg, och vi passerade dessutom det lilla landet, varifrån denna legendariska radiostation sänder. Våra skivor som spelades in i London gavs ut runt om i Väst-Europa, Norden och även i Australien. Det här var ju speciellt, eftersom det då var vinyl som gällde, och strömningstjänster i internet inte ens, vad jag vet, fanns i någon science fiction roman.

Minns när vi lirade på något diskotek i Tyskland 1978, ja ett ställe där de hade både DJ och

Holland februari -77.

harmonieuze muziek
op
eigentijdse wijze

Op woensdag 16 februari zal in The Harbour Jazzclub een popgroep optreden: Stardust. Wij zijn verbaasd. Wij

groepen. De stijl van Stardust kan het best worden omschreven en close-harm

livemusik, vilket var vanligt. Hur som helst har jag ett mycket starkt minne av en speciell låt, som spelades i högtalarna när vi riggade upp vår utrustning. Det var *Baker Street* med och av skotten *Gerry Rafferty*. En oerhört stark låt med sin fantastiska saxintroduktion. Ja det var en speciell tid, med många musikinriktningar, alltifrån disco till new wave och punk, och vi lirade väl någon form av discopop, eller europop som man sa. Det här var i diskotekens guldålder, med i mitt tycke lyssningsbar musik i högtalarna, och utöver Rafferty minns jag speciellt känslan när Barry White med sin mycket djupa röst nästan fick högtalarpappen i basregionerna att komma ut ur högtalarlådorna för att hälsa. *Roberta Flacks* inspelning av *Killing Me Softly With His Song* var ju banbrytande som jag ser det, med den frontade virvelkaggen. Jag är verkligen tacksam och glad över att ha fått vara med om denna fantastiska musikutveckling, som var under sextio- och sjuttiotalen, och därefter den tekniska utvecklingen med digitaltekniken och internet.

På bilden här, tagen 1978 hos skivbolaget Sonet på Lidingö, är från vänster: Edmund "Charlie" Franzén, Jorma Kujansuu, Tomas Nauwelaertz de Agé, Majsan och jag.

Foto:Torbjörn Calvero

Stjärnfotografen Torbjörn Calvero gav mig och skivbolaget Riverside Records tillstånd att använda hans bilder på oss, kort innan han gick bort bara 67 år gammal.

Killing Me Softly gjorde jag ett reggae-arrangemang på till Majsan 1995, som finns med på hennes minnesalbum.

Minns ett gig i Frankfurt, där det var så trångt, så vi visste inte om vi skulle kunna få plats med alla prylarna där. Då säger bossen att "Här har Spotnicks lirat". Då skippade jag B3-orgeln med flera av mina sju klaviaturer, fick tänka om, och det gick bra ändå.

Resan till Jugoslavien

Vår manager var ju född och uppvuxen i Jugoslavien, unionen på nordvästra Balkanhalvön som upplöstes 1991 i samband med de jugoslaviska krigen. På sensommaren-hösten 1976 tyckte han att vi skulle åka ner till hans forna hemland. Vi höll då till i Rotterdam, där vi bodde i ett litet pensionat som hette Den Vita Porten. Michel, vår manager alltså, kom i kontakt med tre bröder från Jugoslavien. Trevliga grabbar som också höll på med musik. Vi var ju hyfsat unga allihop, och sedan tidigare var väl alla vana vid att tränga ihop sig, för att kunna komma ut och spela. Vår stackars blå farkost fick visa vad den gick för, och vi övriga fick ägna oss åt det utmanande pedagogiska konceptet samarbetsövningar på liten yta under färd. Det gick faktiskt bättre än sämre. När vi sedan åkte igenom landsbygden i Frankrike, såg vi vinbönderna som skördade för fullt på vinfälten, en exotisk syn för de av oss som kom från Norden. Vi stannade i en fransk by och köpte bröd, ja alltså fralla om man säger så, och faktiskt mjölk. Denna vitgula dryck var fett fet, kan nästan förstå att de föredrar vin. Vi åkte in i Österrike och passerade Tyrolen. Minns när jag körde på natten. Alla sov, och nere i dalen framför mig tornade den välkända OS-staden Innsbruck upp. En storslagen syn, en vy som etsade sig fast i minnet. Vi fortsatte sedan genom Brennerpasset, och när vi kom in till den italienska gränsen, blev vi stoppade av tullen. De verkade rätt tuffa, och kollade med all rätt upp vad det var för ett gäng som kom inrullandes. Tyvärr hann vi inte vara med om något mandolinspel, och ingen fick citronspel, förrän vi var ute ur denna italienska alprunda. Kändes dock underligt att köra genom alperna, när billyktornas ljuskäglor slog i bergväggen på andra sidan över stupen, där vi åkte serpentinbana och begrundade alla altare, som var placerade lite här och där utefter vägens kurviga alpanatomi. Jag tror att vi svängde in i Österrike igen, för att därifrån komma in i Slovenien, alltså in i den union av länder på Balkanhalvön, som hette Jugoslavien. Det är en underdrift att säga, att vägen var backig när vi kom in där. Enorma nivåskillnader var det, när vi gjorde entré in i Slovenien, där första anhalt var staden Ljubljana. Minns när vi kom till tullen in till Jugoslavien. Jag gick in i tullhuset, och kände mig rätt liten bland de myndiga äldre männen med sina uniformer, grå rockar med breda axelklaffar och stora skärmmössor av Öststatsmodell. Nästa stad var Zagreb, huvudstaden i Kroatien. Vi tänkte inte alls på i vilket land vi var, annat än att vi var i Jugoslavien. Nu märktes det att vi hamnat i en socialistisk diktatur, och jag reagerade på att det såg så naket och konstigt ut, genom att det inte fanns någon reklam. De blå spårvagnarna t.ex. såg så rena ut. Öst-Europa var det väl, men ändå inte riktigt bakom järnridån. Den socialistiska federativa republiken Jugoslavien styrdes med järnhand av Tito. Minns vi lirade på ett ställe med stampat jordgolv, med ett porträtt av Tito på väggen. Folk sa att den dagen Tito faller ifrån, kommer det att bli kaos, för det var han som höll ihop de olika folken inom denna federation. Sorgligt nog blev det så, när de blodiga krigen bröt ut i början på 90-talet. Bröderna Husicic som åkte med oss, visade oss hem till sitt föräldrahem i Bosnien Hercegovina. De bodde i en stad som heter Brčko vid floden Sava. Vi välkomnades av deras föräldrar och även av deras grannar, och vi togs emot med öppna armar, och plommonbrännvinet flödade. Levnadsstandarden var lägre än den vi var vana vid i Väst-Europa, men livsstandarden var desto högre, en mänsklig värme jag fortfarande känner, när jag tänker tillbaks på de veckorna vi hade där nere. Religionen var viktig, en del var katoliker, andra muslimer. Jag hade aldrig tänkt i de banorna tidigare.

Kontroll

Att vi trots allt befann oss i en hårt kontrollerande enpartistat, blev vi varse en solig morgon, när vi satt i de gästfria föräldrarnas trädgård och åt hönssoppa, medan de övriga hönsen kollade in huvudet, som nyligen suttit på deras kompis, innan denna hade försoppats. Kvällen innan hade vi planerat att åka in till huvudstaden. Vi bestämde oss för detta, i trevlig samvaro med ett gäng ungdomar som vi blivit kompisar med. Vi bodde alltså hemma hos brödernas föräldrar, och för att få plats sov Majsan och jag i bussen, visserligen trångt men det fick duga. Där sitter vi alltså i trädgården, äter och har det gott i morgonsolen. Då stannar en bil till vid grindhålet, och en välklädd distinkt herre kommer in på gården. Han kollar in oss, och så säger han ungefär: "Jag hörde att ni tänker åka till Belgrad idag". Han ville se våra pass, och vi kände oss angivna av någon bland våra "kompisar". Då reagerade vi starkt negativt på detta, men så här i backspegeln kan jag ändå se nyanserna. Allting är inte svart eller vitt, vi var ett gäng utländska unga personer som staten ville ha koll på, kanske inte helt fel....

Belgrad, eller Beograd som serberna själva säger, betyder Den Vita Staden. En vacker stad där den stora floden Donau tankas med vatten från Alperna via bifloden Sava. Vi åkte hem till Michels mamma, som bodde ihop med Bernhard. Ja, jag minns inte om han hette så egentligen, men det var i alla fall en stor snäll sankt bernhardshund. Vi träffade även Michels syster med man och deras lilla dotter Tanja. De tog med oss på guidad rundvandring i staden, fina minnen från en av de mer avlägsna huvudstäderna i Europa. Ett udda inslag i gatubilden för mig var, att man kunde köpa rostade kastanjer.

Det blev inte så mycket lira av där nere, men jag minns med förskräckelse en skoldans vi bokades in på. Det var en stor skola, en gul tegelbyggnad som såg ut som vilken svensk skola som helst. Problemet för mig var, att det verkade som om alla rökte, och det de rökte var cigaretter som genererade stickigare rök, än vad skiten brukar göra i väst. Ventilationen var antagligen dessutom något underdimensionerad, vilket gjorde att jag med mina allergistörningar, inte fick tillräckligt med luft. Vid varje paus rusade jag därför ut, och gjorde den ofrivilliga charadern *gädda på torra land*. Inte alls kul vill jag lova.

Balkanrytmer

Ett annat starkt minne från tiden där nere, är musiken. Balkan är ju känt för sin musik, och inte minst då för deras takter och rytmer. De tre bröderna lirade ju själva, och de körde låtar som byggde på denna för mig helt okända rytmik. Jag kunde inte bli klok på vad de höll på med, men det lät kul och bra. Ingenting är omöjligt som en svensk skidfantom brukade säga. Hm, men detta? De trevliga bröderna förklarade för mig hur de tänkte, hur det hela hängde ihop, och faktiskt, jag lärde mig det. Specialkunskaper bör man helst hålla vid liv. Tyvärr har jag sedan länge totalt glömt det där, men det var en härlig aha-upplevelse så länge den varade.

Majsan och jag gick ibland ner till floden Sava, när vi var i Brčko. Det sociala livet var mycket mera aktivt där på Balkanhalvön, folk var ute på gator och torg och umgicks på ett helt annat sätt än vad vi var vana vid. Kom ihåg att jag såg en liten bild på Torbjörn Fälldin i tidningen där. Det var en artikel om att Sverige hade fått en borgerlig regering, och det var så klart en världsnyhet, fyrtio år sedan borgerligheten hade regerat. Jag kunde ju inte läsa vad som stod, men en bild säger mer än tusen ord. Politiken på Balkan var mycket mer komplicerad. Femton år efter vårt besök där, bröt katastrofen ut, och lilla Brčko hamnade i skottgluggen. Farhågorna om tiden efter Tito hade besannats.

Danmark

Vårt sydligaste skandinaviska grannland, som man nästan kan räkna till kontinenten, besökte vi mest privat alternativt passerade vi, på väg söderut med bandet. Minns trevliga besök både i Helsingør och København. När vi gick på strøget i huvudstaden, och ner till Nyhavn med dess karaktäristiska bebyggelse. När vi lirade i Helsingborg åkte vi över till Helsingør, när vi lirade i Landskrona åkte vi över till Köpenhamn, och när vi var i Göteborg åkte vi över till Fredrikshamn. Endast en gång var vi engagerade i Danmark. Det var i den danska staden Viborg, ja det finns ju ett Viborg i nuvarande Ryssland också, som tillhört Sverige och Finland en gång i tiden. I danska Viborg, som ligger mitt på Jylland, lirade vi på ett ställe som hette Hotel Phønix - Restaurang Paddehatten. Det var en klar felbokning, för de ville helst ha allsång med gamla danska sånger och dryckesvisor. Trevlig tradition i och för sig, men inte riktigt våran grej. En kväll kom ett gäng ungdomar in, som kändes mera som *vår* publik. Det var bl.a. låtskrivarna Py Bäckman och Dan Hylander, som var i stan tillsammans med en stor ensemble, som turnerade i Norden med en skandinavisk uppsättning av musikalen Jesus Christ Superstar. De var nära att bli utkastade, eftersom de inte riktigt passade in. Hylander med sitt långa stripiga hår, och i sällskapet fanns även en alltför exotisk person, som antagligen inte riktigt platsade i den lokala mentalitet, som verkade råda där anno 1972. Jag tror vi blev bjudna på deras show någon dag senare, som ägde rum i en stor sporthall, med tillhörande efterfest. Mycket trevligt att kolla in dessa kompetenta artister. Ett annat

minne från Viborg var, att några av traktens unga män försökte sabba vår Cheva med släp. Minns dock inte vad, så det kan inte ha varit någon större åverkan. Annars var osten god, alltså den milda danska sorten Samsø. Jodå, de har även den typen av ostar. När jag skulle kvittera ut gaget, gick jag en trappa upp till direktörens kontor. Detta var alltså i början av sjuttiotalet, och den unga varianten av mig konfronterades med den äldre chefen i kostym bakom sitt skrivbord. Han började tala sitt tungomål, som var den mittjyska varianten av danska. För mig som kom från svearnas rike, där vikingarna hade seglat i österled, och där dansken i forna tider varit fienden, var ju detta ett totalt främmande språk, så jag frågade försynt om vi kunde kommunicera på engelska. Oh yes, sa direktören, of course, of course. Well, you know that oohhjør urröeasdl kjjfvkjllsk kmoiugf...., ja ungefär så mycket förstod jag, men vi fick vårt gage så det ordnade sig. En gång långt in i framtiden, åkte jag med Majsan och våra tvillingar genom Danmark, när vi kom från semester i Tyskland. Kom ihåg att det regnade ordentligt, och vi tog in på hotell i staden Fredericia. Jag gillar Danmark, men språket är inte lätt att förstå.

En hel del bra musik har kommit från våra sydliga vikingagrannar. Jag har lyssnat en hel del på *Savage Rose* och deras expressiva sångerska *Annisette*, ett fantastiskt band. Jag berörs också av *Kim Larsen*, som var en udda pop/rock-trubadur och låtskrivare och oerhört folkkär i sitt hemland. Ett annat danskt band som jag reagerat på är *Michael Learns To Rock* med sin melodiska pop, för att nämna några.

Solen Har Sin Gång

(Text och musik: Magnus Wir=Sven-Magnus Wirbladh)

1) Om din ryggsäck känns för tung
Om du är gammal eller ung
ska du veta, att allting har sin tid
Om din väg känns för smal
Om din kassa är för skral
Finns det annat som gör den smala vägen vid

Refräng
Hej min vän, där du är idag
på din resa, genom livet
Solen har sin gång, och gör natten till dag
men du kan ingenting, ta för givet

2) Diamanter, guld och krom
hårda ting som är ett hån
mot den som får ta smulor vid sitt bord
Utan ljus som riktas på
guld och silver, kvar blir då
ingenting av värde, som tomma ord!

3) Lär dig nu av denna sång:
Livets resa blir ett fång
av röda rosor, där törnen slipas av
Varje gång du ler mot nå'n
utan självisk vinning som
gör dig rik, på själens fattigdom

Från albumet *Alla Dessa Dagar*

KAPITEL 11

Återanpassningen

Efter heltidsturnerandet gällde det att anpassa sig till ett normalt liv, att bli bofast och leva efter "normala" normer. Vi var ju en hårsmån från att bli världsberömda popstjärnor, odrägliga och rika som troll. Som tur var hamnade vi hos ett litet skivbolag med

Majsan och Paul Jenkins

begränsade resurser. För oss var alla där hela tiden bra att ha att göra med. Producenten Paul Jenkins, som dog alldeles för ung (i leukemi), var verkligen en trevlig och mycket kompetent person, och skivbolagsdirektören Henry jobbade hårt både som producent och direktör. Alan Melina var korrekt engelsk. Deras kontrakt med svenska Sonet för lanseringen av vårt album i Norden verkade däremot mindre bra. Antar att det var anledningen till att Sonet inte direkt gav järnet för att lansera Stardust här, för att uttrycka mig milt. Sonets boss Dag Häggqvist nämnde till mig många år senare ungefär att *Stardust var bra, Satril var det inte.* Jag spenderade en hel dag ute på Lidingö i Sonets fina lokaler, där jag hängde med Ola Håkansson som var producent där, för att försöka få de att jobba på med oss, men det hjälpte inte. Vi spelade t.o.m. in en single med Ola som producent i OAL-studion i Sollentuna. Det var en låt som Jorma skrev, och den blev faktiskt riktigt bra, men den hamnade också i orkesterdiket om man säger så.

Vi hade alltså turnerat på heltid under åtta år, men nu var den tiden över. Vi ville ändå fortsätta att lira, även om gruppen splittrades. Majsan, Jorma och jag kollade om det fanns folk i närområdet som vi skulle kunna plocka in i bandet. Vi hade tur, och snart hade vi en trummis vid namn Mikael Lundén och en basist vid namn Per-Erik Sundström, mycket bra killar både musikaliskt och socialt.

Den blå Mercabussen

försvann med Tomas, eftersom det faktiskt var hans buss. Han använde sedan sitt fordon för att köra ett Stockholmband som hette Rockvindar, med bl.a. en viss herr Thorsten Flinck, vid sidan av sitt jobb som säljare på skivbolaget Polygram. Charlie utbildade sig till slöjdlärare och började lira med Long Leg Jansson Group och Black Label Blues Band hemma i Katrineholm.

Vi hittade en brevlåda i Bollnäs, alltså en gammal postbuss som hade tjänstgjort i de nordligare provinserna. Denna elvameters Volvo byggde vi om, och jag snickrade bl.a. till tre våningssängar, inte det lättaste med tanke på att det inte fanns en enda rät vinkel i den miljön. När vi senare lade ned bandet för gott, sålde jag den bussen till Stockholmsbandet Docent Död. Minns att när jag annonserade ut bussen ringde Björn Afzelius och hörde sig för om objektet.

Majsan började utbilda sig till förskollärare, ett yrkesval hon trivdes med, och hon var mycket omtyckt. Jorma siktade på att läsa till jur. kand. Han började även lira med Smart, ett riktigt bra modernt dansband från Uppsala.

Efter lirandet på heltid fortsatte jag som tryckare, ja tills vidare tänkte jag. Vi bodde ju i lilla huset på prärien, alltså i Månkarbo på Tierpsslätten, med två mil till metropolen Östervåla. Där fick jag jobb som tryckare på Tofters Tryckeri. Det var en brutal omställning, från scendräkterna designade av mästerskräddaren Colin Wild i trakterna av Carnaby Street, till en blå jobbaroverall. Jag hade ångest den första tiden på morgnarna, när jag såg genom morgondimman att jag närmade mig "Våla". Jag hade i alla fall bra arbetskamrater, och så småningom kom jag in i det hela. Två av tryckarna kände jag sedan 60-talet, och i kära gamla Östervåla hade jag ju dessutom lirat under nämnda decennium. Benny Jansson hade t.o.m. kört åt oss ibland. Hur det nu var, så började jag efter en tid att arbeta på reproavdelningen, där jag monterade sidor för tryckplåtarna. Minns inte exakt när allting hände, men jag har ett helt sjukt minne därifrån, om jag får säga så. Facket var man ju med i på den tiden, det ifrågasatte ingen, och det gjorde inte jag heller. Jag var ju med i GF, alltså Grafiska Fackförbundet, det LO-anslutna förbundet som ju hade varit så kreativa i Uppsala, så att de lyckades hindrade mig från ett jobb jag hade erbjudits från en arbetsgivare. Minns alltså ej exakt hur turerna var, men jag slutade på tryckeriet, och så småningom fann jag mig helt plötsligt pluggandes informationsvetenskap vid Uppsala Universitet. Därefter var vi på väg att flytta in till Gävle, efter det att jag fått jobb där som informationssekreterare vid Försäkringskassans centralkontor. Tror vi nu var framme i det märkliga året 1986. Kjell Tofters, en av de tre syskon som ägde familjeföretaget Tofters Tryckeri, ringde och erbjöd mig en tjänst som projektledare, eller beställningsfaktor som det också kallas. Bättre lön och ingen flytt, något blandade känslor, men ändå ett enkelt beslut. Då gick jag med i det fack som gällde för min nya tjänst där, nämligen tjänstemannafacket Ledarna. Nu minns jag inte när och vilket fack, men från just fackligt håll påbjöds i alla fall, att man skulle bära en rockslagsnål med porträtt av Lenin. Detta tilltag fann jag emellertid totalt irrelevant och direkt motbjudande, så den nålen satte jag aldrig på mig. Känns nästan som jag drömt detta, men det tror jag inte. Skulle vara intressant att veta, om detta förekom på arbetsplatser i övriga Västeuropa? Han Lenin var ju en totalitär politisk person, ändå utdelas i Sverige ett kulturpris i Lenins namn, fortfarande 2021 när jag skriver detta.

Jag har tre andra speciella minnen också från min tid på Tofters Tryckeri, som när jag fick en planering för en reklamfolder för trampminor på mitt bord. Säljande ord som att dessa var lämpliga för oskyddade människor, mjuka mål, *soft targets*! En fin svensk exportprodukt som vi alltså var i stånd med att offerera reklamfolder för. Detta var också totalt motbjudande, så jag gick tillbaks till säljaren med det prospektet, som jag inte ville ta i.

Att arbeta på tryckeri är mycket speciellt. Det mesta ska levereras igår. Min huvuduppgift var att göra tidsplaner för våra specialiteter, som var tidskrifter och kataloger. Det blev ständiga omplaneringar, där produktionstiden före deadline ständigt krympte. I och för sig kunde det vara utmanande, men inte alltid så kul. En katalog för ett större företag i Stockholm blev försenad. Jag blev kallad till krismöte med kunden. Jag sätter mig i en av tryckeriets bilar och styr in mot huvudstaden, hamnar i morgonrusningen, och stressen infinner sig. Så småningom hittar jag ett parkeringsgarage vid adressen på Kungsgatan, och jag tar hissen upp till Dalle Reklam, något försenad. Där står tre allvarstyngda män och tar emot mig utan öppna armar. Jag hade träffat kundrepresentanterna tidigare, och den ene, en fransman, hade jag ju haft mycket kontakt med under projektets gång.

Reklammannen däremot hade jag aldrig träffat. Han hette Åke Dalle, en stor man med mycket pondus. Den som sett hans skådespelande son Peter, kan tänka sig en äldre kopia. Jag förhandlade verkligen i underläge, men på något konstigt vis undkom jag både blodvite och benbrott, och vi skiljdes som vänner. Jag hade räddat både mitt egna ansikte från blåtiror, och tryckeriets från sönderrivna blåkopior. Det blev en minnesvärd upplevelse.

Ett annat minne från Tofters är en matrikel för en högt ansedd sammanslutning. Jag kommer in till jobbet i vanlig ordning på morgonen. En tryckare söker upp mig omgående, och han berättar att han har press-stopp. Omslaget till denna fina trycksak går inte att trycka. Hm, vad att göra. Den ansvarige på reklambyråns parkettgolv i Gamla Stan i Stockholm hade inte börjat sin arbetsdag ännu. Jag fattar ett snabbt beslut, instruerar repro att ändra några saker för att det tekniskt ska fungera, och så körde vi. Jag nämnde aldrig detta för byrån. Vi levererade i tid, alla var nöjda och glada.

1983
Vi höll som bäst på att återanpassa oss till ett normalt Svensson-liv. Vi har hållit ihop ganska länge nu, jag och Majsan. Vi var på god väg från unga vuxna in till medelåldern. Majsan kände att nu eller aldrig skulle hon ha barn, och hon hade en mycket stor längtan till att få bli mamma. Jag hade ju redan upplevt lyckan att bli förälder, och jag kunde ju inte neka henne den upplevelsen, även

om jag fortfarande inte ansåg mig själv uppgiften mogen. Pappas blå Volvo Amazon som jag fått, eftersom han hade slutat köra bil, dundrade fram i månskenet över Upplandsslätten. Julinatten log sitt finaste leende mot mig, där jag pressar det stackars fartvidundret. Jag kommer flåsande in på BB, där ett stort grönklätt team gör sig redo för kejsarsnitt. Extra många personer deltog, eftersom det var tvillingfödsel. När jag sent omsider kommer hem från BB i Uppsala till huset på prärien, kan jag absolut inte gå och lägga mig för att sova, jag är ju helt upprymd. Jag ringer den nyblivna mormodern där uppe i Kalix, och så börjar jag med att författa födelseannonser: *"Majsans mage var en ficka, för en pojke och en flicka"*.

Nu började en småbarnstid, med dubbla nattskift. En fantastisk tid, och jag bodde tillsammans med bägge dessa små nya medborgare. Thérèse fick två femton år yngre småsyskon, och livet kändes gott. När jag tänker tillbaka, så minns

jag det där nära lilla livet, det viktigaste, men även det stora där utanför bör man nog skänka en eftertanke. Vi hade ingen som helst aning om allt som hände ute i stora världen, men en stor händelse som jag blivit varse långt senare, var den att det var mycket nära till total katastrof när Alexander och Bettina var två månader gamla. Natten mellan den 25:e och 26:e september 1983 larmade det sovjetiska militära varningssystemet om en skarp attack! USA hade avfyrat fem missiler mot Sovjetunionen! Den som hade chefs-jouren denna ödesdigra natt vid varningsanläggningen var överstelöjtnant Stanislav Petrov. Inte långt innan hade president Reagan från Vita Huset gjort några kaxiga uttalanden, men det var nog mera något manus som den gamle skådisen plikttroget hade läst upp, utan något egentligt skarpt avseende. Stanislav Petrov hade nerver, klokhet och intelligens nog att ligga lågt, eftersom han inte såg någon logisk förklaring till, att det skulle kunna vara skarpt alarm. Senare visade det sig, att det var ett ovanligt väderfenomen, som hade spelat varningssystemet ett spratt. Händelsen hölls hemlig fram till 1998. All respekt för denne man!

Dramatiska året 1986

Ja det här var ett mycket dramatiskt och speciellt år. Den 28:e februari tittar vi på TV, och blir varse att landets statsminister blivit skjuten på öppen gata i Stockholm. Inte sedan mars 1792 hade en svensk regent blivit mördad.

Minns ju fackeltåget som spärrade av vårt bands framfart i februari 1968, när vi skulle lira på Kåren i Stockholm, som jag berättat om tidigare. Nu var 68 omvänt till 86, och jag minns att vi följde nyhetssändningarna på TV tillsammans med våra små tvillingar, som i princip föddes in i ett nytt kallt Sverige. Det här blev vändpunkten utan återvändo, i den nationella dramaturgin.

En regngrå aprildag med hög luftfuktighet, ett duggregn som hade fastnat. Vi är ute i trädgården vid lilla huset på prärien, och tycker att det luktar så konstigt. Är det duggregnet, fuktigheten, eller är det någon som bränner något olämpligt? Det var söndagen den 27:e april 1986. Längre fram får vi höra talas om en kärnkraftskatastrof i Ukraina, som hade ägt rum under lördagen. Vid kraftverket i Forsmark får de göra omvända skokontroller, alltså se till att de inte drar in något radioaktivt i lokalerna. Men på våra tvillingars 23-årsdag, alltså tisdagen den 25:e juli 2006, var det ytterst nära att reaktorn vid Forsmark 1 också råkade ut för härdsmälta! Minst tolv olika säkerhetssystem slogs ut, de flesta av ett enda fel. Det fanns en kraftigt förhöjd risk för härdsmälta i både Forsmark 1 och 2 under ett antal år fram till 2006, särskilt 2005-2006. Jag berättar om detta, eftersom vi tryggt omedvetna levde i skuggan av denna monstruösa teknik, invaggade i att allt i Sverige fungerar som det ska.

Men ibland kan saker också vara komiska, som när jag försökte övertyga tvillingarna när de var små, att chefen för Skansen hette Anna-Greta Leijon….

Speltrött
När vi lade ned bandet i oktober 1980, hade jag bestämt mig för att aldrig lira ute med ett band

igen, jag var totalt speltrött helt enkelt. Vi lirade vårt absolut sista gig med Stardust på Norrlands studentnation i Uppsala, med en ordentlig efterfest. Vi nämndes antagligen även i radio under natten, ja alltså i Polisradion, eftersom vår stora Volvo-buss var felparkerad. På bilden från vårt absolut sista gig ses från vänster Per-Erik Sundström, jag, Majsan, Mikael Lundén och Jorma.

Studier och jobb

Jag började plugga en del på den kommunala vuxenutbildningen i Uppsala, där jag läste in några gymnasiebetyg. Jag tänkte ett tag satsa på att bli journalist, så jag sökte därefter in till en kurs i informationsvetenskap på universitetet i samma stad. Jo då, ett år där var mycket trevligt, och jag upptäckte att det går att få högsta betyg om man bara pluggar. Tiden delades mellan tentor och blöjbyten.

Något år tidigare, 1980, försökte jag göra favorit i repris. 1969 gick jag ju in till disponenten på Tierps

Tryckeri och frågade om jobb. Nu var det helt andra tider, men jag chansade på att få lite frilansuppdrag på en reklambyrå i Uppsala. Det funkade, och jag satt där och pulade med original. Då kommer folk från Tierps kommun in och vill marknadsföra kommunen med bl.a. ett bildspel. Hm, jag skulle ju kunna göra ljud och även speakerinläsning tänkte jag. En dam på byrån förkastade mitt förslag, men jag gav inte upp utan stod på mig, och fick chansen att visa vad jag kunde. Det blev ett mycket bra samarbete med fotografen Bernt Johansson, och denna ljudsatta slide-show blev en succé. Det här var innan videons och datorernas genomslag.

I samband med detta kom jag i kontakt med informationssekreteraren May Strandberg på Tierps kommun. De skulle starta en taltidning, och så småningom började jag jobba med den. Jag kom att producera taltidningar under cirka trettio år, mestadels åt Tierps kommun och åt Uppsala läns landsting som regionen hette då. Taltidningarna gjorde jag som extraknäck vid sidan av annat. Jag kom även att göra en del videoproduktioner.

Den grafiska industrin reformerades genom de tekniska framstegen, och vid tredje bantningen gick jag frivilligt från Tofters, tänkte att det kunde vara kul att prova något nytt. Där var jag nog lite väl optimistisk, och dessutom uppstod ett paradigm på den svenska arbetsmarknaden i stort, som gick ut på att man endast numera skulle anställa människor under trettio år men med fyrtio års yrkeslivserfarenhet. Det var svårt att passa in i den mallen, så jag blev tvungen att sälja alla mina lyxbilar och aktier, om jag hade haft några.

Vad att göra

Förtvivlan och frustration är två relevanta ord i sammanhanget. Som tur var fick jag producera taltidning i egen firma samtidigt som jag stämplade för A-kassan, eftersom jag hade haft det uppdraget sedan tidigare. Nej man kan inte misslyckas jämt, som jag brukar säga. Ja det var vår räddning, och att Majsan hade jobb.

Tack vare grundbulten i den socialdemokratiska politiken, har människor i Sverige under många decennier fått flera chanser i livet i en solidarisk ansvarspolitik. Du hjälper till när du kan, och du blir hjälpt när du behöver. Jag vill inte bli politisk här, men jag vill ändå hävda att allting inte är svart eller vitt, rött eller blått. Det finns minst två sidor av allting, eller som jag sjunger i *"Gapet Ökar"*:

"Pendeln fastnar i sin ban,
människan är tidens barn.
Från svart till vitt, från rött till blått,
säg är det allt som vi förstått,
av själva livet, när tiden har gått?"

Ljudteknik

Arbetsförmedlingen i Tierp ordnade så att jag kunde gå en utbildning i ljudteknik. Dessa studier finansierades helt inom ramen för den s.k. arbetsmarknadsutbildningen. Det var en ettårig heltidsutbildning i Uppsala 1994-95, med riksintag om 12 elever, motsvarande högskolenivå. Jag blev tipsad om utbildningen av Tomas Eriksson från legendariska Uppsalabandet Kaipa. Tack Tomas, det var en mycket trevlig och bra utbildning.

Jag hade dessförinnan haft beredskapsjobb som assisterande lärare för en flyktingklass på gymnasiet i Tierp, under flyktingvågen från de jugoslaviska krigen. Jag hade tidigare även gått en del datakurser av olika slag. Jag tog t.ex. det s.k. europeiska datakörkortet, ett insomnat EU-projekt.

Brunråttan

blev min kompis där jag satt i källarvåningen, när jag tillfälligt jobbade med marknadsföring för en importfirma på Söder i Stockholm, kan ha varit 1985. Jag var helt själv där nere, så när som på brunråttan, som hängde med mig nästan hela dagarna. Den klättrade omkring på rörledningarna, och vi trivdes gott med varandra. Ja jag kände någon form av social samhörighet med denna

varelse, ungefär som man kan känna för ett mera accepterat husdjur. Då var det mindre charmigt, när jag om morgnarna gick till jobbet från T-banan, och ibland fick gå i slalom på trottoaren mellan de uppkastade "pizzorna". Jag tänkte att man kanske skulle kunna utveckla detta fenomen, till någon alternativ form av kobingo? Jobbet var i och för sig OK, men det blev ohållbart i längden att pendla mellan Månkarbo och Stockholm. Jag blev visserligen erbjuden att sova över hos en stilig kvinnlig medarbetare, men jag avstod. 1981, alltså några år tidigare, jobbade jag på ett företag i Solna. De distribuerade grammofonskivor, men det blev ju också ohållbart i längden.

Björklinge. I februari 1996 flyttade vi till en villa i Björklinge, för att komma närmare stan. Barnen hade aktiviteter där, och Alexander var uttagen som "scholarship"-elev vid Ekeby Dansstudio, och hans lärare från Chicago spådde honom en lysande framtid inom dansen. Det blev dessvärre svårt att hinna med det plus skolan.

Arbetsförmedlingen tipsar mig helt oväntat om en projektanställning som datautbildare vid Svenska Kyrkan. Jag fick jobbet som innebar att åka runt i Uppsala stift för att öka kyrkans personals data-mognad, som vid den tidpunkten generellt sett inte var särskilt hög någonstans. Jag fick åka runt i Uppsala län, Gästrikland, Hälsingland och en del av Stockholms län. Speciellt intressant var det att träffa alla prästerna, dessa stora personligheter. Ett par var kvinnoprästmotståndare, och de var helt övertygade i sin värld. En annan som inte var så intresserad av datorer försvann direkt. En som jag minns speciellt var kyrkoherden i Heby, en mycket sympatisk person som verkligen utstrålade godhet. Han tog med mig ut från pastorsexpeditionen, och bjöd mig på fika i ett närbeläget café. Han berättade helt oväntat bl.a. att han hade tillverkat ett specialverktyg till sin Toyota-jeep. Något halvår eller år efter mitt besök i Heby läste jag i tidningen, att han blivit rånmördad på tjänsteresa i Afrika.

Taxi

Åren går, frustrationen består. Jag sneglade flera gånger motvilligt på en annons från ett taxiåkeri, som sökte folk och som erbjöd utbildning. Efter ett års dagtingande med mig själv ringde jag, ja det var ju så man för det mesta gjorde på den tiden, ringde. För att förekomma direkt, så förklarade jag att jag var femtiotvå år gammal. Till min stora förvåning, var min mogna ålder till fördel i det här yrket. Jag började då två utbildningar, dels den för taxikortet på en bilskola, ja det som några år tidigare hade uppgraderats till TFL, Taxiförarlegitimation.

Beställningscentralen hade dessutom en egen utbildning i ekonomisk redovisning, dirigering, taxameter plus gatukunskap i Uppsala. På bilden den första taxibilen jag körde. Det kändes verkligen skönt att få komma ut bland folk och jobba. Man fick inte ha längre arbetspass än tretton timmar, och den tiden blev det många gånger. Jag var så slut så jag nästan inte hittade hem till Björklinge efter dessa långa pass. Att skifta från nattpass till dagpass var oerhört slitsamt. Jag körde åt Taxi Direkt, ett lokalt bolag i Uppsala, på heltid under åtta månader. På tips av min dotter Thérèse sökte jag sedan ett vikariat som musiklärare på högstadieskolan i Björklinge. Oj, jag fick den tjänsten. Jag körde även en del extra åt Taxi Kurir, som bolaget nu hette, under mitt deltidsvikariat.

GUC

Efter en termin på högstadiet sökte jag och oj, jag fick jobb på en gymnasieskola i Uppsala. Tror jag blev kvar där i åtta och ett halvt år. En del elever

från årskurs nio i Björklinge dök upp som gymnasieelever i Uppsala. Det var en mycket härlig tid på en fantastisk arbetsplats.

Jag undervisade i musik, data, multimedia, ljud och scenteknik. Härliga elever och härlig personal. Vi hade ett personalband som lirade på personalfester och skolavslutningar, inför jul- och sommarlov, inklusive stora balunser för avgångseleverna, då de vita mössorna lyste upp som en våräng med vitsippor. En helt fantastisk stämning, som jag tror var unik för just GUC, Grafiskt Utbildningscenter, som mediegymnasiet i Uppsala då hette. Jo jag trivdes mycket bra där, men jag hatade att sätta betyg.

Hela skolan var en mycket kreativ miljö, med utbildningar i journalistik, medieteknik, radio-TV, grafisk utbildning, multimedia, foto, skyltning och dekoration med mera, där många motiverade och talangfulla elever tillbringade sin gymnasietid.

Nej då, jag skulle ju aldrig bli lärare som mina föräldrar, men ibland hamnar man i sammanhang man aldrig kunde förutse.

Studio- och poolbygget

Hemma i Björklinge byggde jag en studio i en tillbyggnad som polisen vi köpte huset av hade låtit bygga. Där spelade jag in en hel del musik plus produktion av taltidningar. Jag hade fått tillbaks energin efter den tunga läkemedelsförgiftningen, som var nära att kosta mig livet innan vi flyttade till Björklinge. En infektion i en tand skulle botas med antibiotika, men Abboticin, som består av ett antibiotikum av modellen erytromycin, funkade inte alls bra på mig, trots att det hade hjälpt mig hur bra som helst tidigare i andra sammanhang. Levern höll på att stötas bort, så jag fick se Akademiska Sjukhuset inifrån ett par veckor.

Trots att vi hade cykelavstånd till två fina badplatser i Långsjön, hade jag en gammal dröm om egen pool. Det var nog mest integriteten, men även känslan av att min familj skulle få uppleva en fläkt från den rika besuttna världen. Det fanns ju numera smarta tekniska lösningar, som gjorde pooldrömmen möjlig även för fullt normala människor. Sagt och planen sätts i verket. Jag skickar efter ett poolpaket, som dundrar in till vår adress med stor lastbil. Så kollar jag upp om man kan hyra en liten grävmaskin, och det kunde man. Jag tar Volvon och åker till en närbelägen ort och får med mig den lilla grävaren på släp efter bilen. In mot häcken på baksidan, och så rullar jag av maskinen från släpet, och rullar fram genom hålet i häcken med larvfötterna i riktning mot den planerade ytan för denna rikemanssymbol. Jag slår igång den lilla dieselmotorn, och testar både min finmotorik och grovmotorik, och försöker koordinera dessa mina biologiska förutsättningar mot ingenjörernas intentioner bakom detta tekniska vidunder, som jag just nu av någon anledning håller på att hyra. När jag så sätter tänderna i gräsmattan, alltså skopans tänder, livligt och intensivt ackompanjerad av ett morrande från den uppkäftiga lilla dieselmotorn, sticker min trevlige och gode granne Rolf Pettersson fram sitt mycket förskräckta och

häpna ansikte bakom husknuten och undrar, vad jag håller på med. Det var ganska svårt att svara på just då, men så småningom blev det ändå ett riktigt fint lyft för vår trädgård. Hela familjen var engagerad i att få till denna grop med finjusteringar, där den råa maskinkraftens förmågor inte räckte till. Det var en stor sten plus ett rotsystem som jag blev tvungen att skuffa undan, men i övrigt var det förstklassig uppländsk lera. Naturligtvis regnade det under dessa operationer, så när vi gick där nere i gropen, såg allas våra skodon ut som sjuttiotalets platådojjor upphöjt till tio, så vi såg domkyrkans torn när vi tittade söderut över slätten, vilket man normalt sett inte gjorde från Björklinge. Å förlåt, jag överdrev visst något. Sedan byggde jag ett soldäck runt poolen, som hade sina tekniska funktioner för underhåll, och det blev ett riktigt pillgöra, med sågklinga och skruvdragare som främsta verktyg. Jag gjöt även en del plintar, och Alex och jag åkte iväg till en snubbe som hade kommit över gatstenar, alltså inte kullerstenar, från Börjegatan i Uppsala, som vi applicerade i vår trädgård. Ja den snubben hade väl jobbat med att plocka bort gatstenar i samband med någon ombyggnation i stan.

Minns när jag var i full färd med att gjuta plintar i trädgården. Då råkade jag ut för lunginflammation, mitt i sommaren. Orkeslös igen, men man blir ödmjuk, så oerhört tacksam över all den tid man får, då man är fullt frisk och har alla förmågor, ja då

man har hälsan och energin. Minns läkarens ord när jag lämnade infektionskliniken på Akademiska Sjukhuset, där jag efter långdragen ickebehandling

tillbringade julaftonen, då han sa att jag skulle vara
glad som hade överlevt.

Dagen Är Din

(Text och musik: Magnus Wir=S-M Wirbladh)

1
Vila, i nuets famn,
bekymmer, för en stund
vid sidan är, låt tiden andas lugn
2
Det ljusa, som bor i dig,
Söker, din hand
Varje dröm, kan öppnas lite grann

<u>Refräng</u>
Dagen är din, och natten,
har vi tillsammans, du och jag
Stjärnhimlen strålar,
ner tiden, som vatten,
Drömmar och minnen, möts en dag!

3
Sommar, nu som då,
Ler, mot den som kan
se, all rikedom

Från albumet *Dagen Är Din*

KAPITEL 12

Blues, revival och AW

Hur blev det med det där, att aldrig börja lira i band igen? 1988 anordnades en stor rockgala på folkparken i Gävle. Alla 60-talsband från den stan skulle delta! Jag hade ju blivit bekant med ett av banden, Playmates, eftersom Tomas från det bandet hade turnerat med oss på heltid under fyra år. Helt plötsligt står trummisen från Playmates i hallen hos oss en dag 1988, när vi fortfarande bodde i stora huset med skogstomt i Månkarbo, ja dit vi hade flyttat året innan. Nej jag skulle absolut inte, men den gode Bosse Gustavsson lyckades efter en längre stund ändå övertala mig. Det skulle ju bara vara en gång, och de behövde verkligen en klaviaturlirare. Lokalpressen konstaterade att detta var publikrekord för folkparken i Gävle, och detta illustrerades t.o.m. med bild av sångaren, basisten och en inhoppad lirare på klaviatur i Playmates. Innan jag hade lämnat den stora rotundan var jag helt plötsligt med i två band. Bandet med det våldsamma namnet *Jack and the Rippers* vågade jag ju inte säga nej till. Men nu hör det till saken, att trevligare gubbar får man leta efter. Jag var med på många gig med bägge dessa band under flera år. Jag var tillbaks.

Bosse Gustavsson var verkligen en mycket bra

trummis och en härlig människa. Han var med i bägge dessa band, och från 60-talskvällen i folkparken var jag också med i bägge alltså. Han kom med sin svarta stora Nissan Navara från Stockholm dit han flyttat, och hämtade mig på Simons väg 7 i Månkarbo, för gig i Gästrikland och Hälsingland under drygt sju år. Jag hoppade av när vi flyttade till Björklinge 1996. Bosse drabbades av cancer, och jag minns en värdig begravning i Gävle. Vi gamla spelkompisar gick in i gravkapellet till tonerna av Eric Clapton.

När vi bodde i det stora huset med skogstomt i Månkarbo, lirade jag också med grannen Andrew Gradin. Han var en erfaren rocker från Scotland, och vi lirade ett tag som duo.

Vi flyttade alltså till Björklinge i februari 1996, och när jag började på GUC blev jag direkt med i personalbandet där. Det visade sig att trummisen där, Per-Erik Tannfors eller Perra som han kallades, lirade med ett annat band utanför jobbet på skolan. Han undrade om jag var intresserad av att vara med där. Vi lirade 60- och 70-tals-covers, kul och trevligt att åka ut på bygdegårdar m.m. runt om i Uppland. Med tanke på repertoaren fick bandet sitt namn av en 60-talsdänga från England med Cliff Richard och the Shadows: *Lucky Lips*. Vi spelade t.o.m. in ett album i min studio, som jag byggde upp i Björklinge.

Semester-resor

Sommaren 2001 åkte vi med tvillingarna i vår vita Volvo på en ordentlig semesterresa. Men först ska jag gå tillbaka till 1994, då vi med tvillingarna åkte till Majsans släkt i norra Finland. Jag har tidigare berättat om hennes morbror Arvi Uusiportimo som var stockdansare. Nu åkte vi dit för att hälsa på där utanför Ranua, som ligger i finska Lappland femton mil från Haparanda rätt in i landet. Fantastisk upplevelse att träffa hennes morbror med fru, barn och barnbarn i en för mig så exotisk miljö. Majsans bror Tommy med familj var också med, och så var lilla härliga Aino med. Denna dam var bästis med Eva, min svärmor, och de flydde tillsammans till Sverige under andra världskriget. De gick med korna genom ett krigshärjat landskap. Tyskarna brände det mesta efter deras väg, när de retirerade 1944. Rovaniemi ödelades till 90 procent. På något ställe fanns en barnteckning, och där hade de tyska soldaterna lämnat huset ifred. Ja Aino berättade mycket om deras strapatser, och hon var nu till ovärderlig hjälp som tolk. Min kära svärmor Eva drabbades av TBC, som hon överlevde.

Vi badade vedeldad bastu i Majsans mormors hus, och doppade oss sedan i älven som rann bredvid. Därefter umgicks vi med sång och musik, Arvi spelade dragspel och jag hade en akustisk gitarr. Brasan brann i den öppna spisen, och de finska dryckerna, såväl jästa som destillerade, höjde acceptansnivån för de luftburna, och för de norra landskapen så karaktäristiska flygfäna. Senare gick vi vidare till ytterligare ett hus utefter älven, ett stort timrat hus i det björkrika purfinska landskapet. En fantastisk exotisk upplevelse.

2001 åkte vi alltså med vår vita Volvo 740 kombi först till Arvika, eftersom Bettina skulle på musikfestival med några kompisar där. Alex var inte intresserad, så vi tältade i Arvika. Jag erbjöd några holländska turister ganska god och munter underhållning, innan jag fick alla tältdelar på rätt plats. Dagen därpå åkte vi till Oslo och hälsade på Inger Andersson från Bäckmora Show, som då bodde där ihop med en norrman. Kul att se gamla kära Oslo igen efter alla år. En hel del hade hänt i de sjönära kvarteren. Efter något dygn återvände vi till Arvika för att hämta Bettina, och därefter gick färden söderut. Målet med resan var Lübeck. Där checkade vi in på ett trevligt vandrarhem. Tvillingarna fann sig väl tillrätta, och gick på disco på en båt bredvid. Vi satt ute på kvällarna/nätterna och umgicks med en tysk musiklärare och en australiensare. Minns att jag och australiern gick till en mack och fyllde på ölförrådet sent en kväll. Härliga dagar i en medeltida stad, fantastisk känsla. Det tragiska var dock, att det mesta var återskapat efter andra världskrigets destruktiva idiotier.

Vi tog färgan över Rødby-Puttgarden dit, men hem körde vi via Jylland. Vi stannade till hos Charlie i Katrineholm, trummisen i Stardust. När vi längre fram i handlingen närmar oss Hjulstabron mellan Strängnäs och Enköping, ringer min grå Nokia-telefon. Det är Charlie som säger att han hade funderat på om jag var intresserad av att lira med bluesbandet i Katrineholm som han var med i. Nej det tyckte jag lät lite väl verklighetsfrämmande med tanke på det geografiska avståndet mellan Björklinge och Katrineholm, ungefär arton mil. När jag varit hemma någon dag, och smält det hela, kändes det inte helt omöjligt i alla fall. Vi kanske kunde lira i Uppsala ibland. Jag ringde upp Charlie och sa att kanske ändå, att vi skulle kunna försöka. Efter några veckor åker jag ner till Katrineholm för att träffa bandet, där jag ju endast kände en av medlemmarna, nämligen trummisen Charlie. Tror vi träffades först på stan, och därefter i replokalen. I ett industriområde i Katrineholm fanns en stor byggnad som kallades Inferno. Där fanns flera små repbås. I ett av alla dessa bås ställde jag upp mina klaviaturer, och det gällde att balansera kroppen

fysiskt, för att undvika närkontakt med den kliande väggbeklädnaden. Denna rock-wool rockade bra, och försåg tillvaron där inne med utmärkt akustik. Efter bara några takter kände jag att jag kommit hem. Fantastisk känsla att lira blues, dessutom med som jag anser, ett av landets klart bästa bluesband! Mycket musikaliska och rutinerade femtioplussare, som kunde sin brittblues. Om Hulkens morsa hette

Ebba Grön, så hette hans farsa Peter Green, för det här var tung blues. De sjungande gitarristerna var Reidar Larsen och Christer "Coco" Cronholm, basisten Bertil Annfält och trummisen, alltså min kompis från Stardust-tiden, Edmund "Charlie" Franzén. Vi kom att lira mest på en klubb i Katrineholm som hette Picasso, och i Uppsala på HiJazz vid centralstationen. Jag spelade in ett album med bandet i min studio i Björklinge. En jätteburk med knäppkorv gick snabbt åt under våra nattliga inspelningspass, samtidigt som mängden återvinningsbar aluminium växte. Vi hade trevligt, och det svängde. Vårt album "Classics" kom ut 2003, och en kall januaridag 2004 fick vi vara med i programmet Go'kväll i SVT2, som sändes från Norrköping. Granne med TV-huset i Norrköping

har meteorologerna på SMHI sitt hus. Vi gick in dit och åt lunch, och hann lämna lokalen innan de släppte dagens väder. Minns när vi lirade på Katalin i Uppsala och Tomas från Stardust är där och lyssnar. Sedan säger han åt min son Alex: "Nu har Mange hittat hem", och det ligger en hel del i den analysen. Fantastiskt att vi fick vara med i SVT, och jag vill även ge en eloge till Hans G Hansson på nätradion Vinylgodis som i programmet Blues Corner spelat Black Label Blues Band flera gånger, och samma station spelar även Stardust ibland! Det gjordes fina liveupptagningar med bluesbandet på HiJazz, där elever på GUC filmade under ledning av legendariske TV-producenten och lärarkollegan Johan Segerstedt. Riktigt fina filmer som hamnade på nätet.

Bistro HiJazz drevs av en riktig eldsjäl: Celal Alparslan. Förutom kock och krögare är han en riktigt bra slagverkare, och han kan ibland ge sina stackars djembetrummor ordentligt med stryk. Han ville ha mig som ordförande i HiJazz Vänner, supporterföreningen för denna fina kulturscen. Jag hoppade dock av efter två år, eftersom jag ju inte är någon föreningsmänniska. En annan kulturscen i Uppsala är ju Katalin, och jag minns den mycket sympatiske bokaren där, Uffe Carlsten, som tragiskt nog gick bort alldeles för tidigt.

Jag vickade vid ett tillfälle med månghövdade Uppsalabandet Soul Picnic, och jag lirade ett år med ett annat mycket bra band från samma stad, nämligen Rain Dogs. Ted Dluzewski *är* Bob Dylan när han sjunger mästarens sånger. Ett fantastiskt band som tolkade Bob Dylan, Leonard Cohen och Neil Young. Inte utan att jag saknar dem, men ibland blir man tvungen att välja, när man inser att tiden inte är en ändlös resurs.

Majsan och jag var ute några gånger och lirade som

duo. Det blev tyvärr inte så många gånger. Dels gjorde jag helt egna bakgrunder som vi sjöng till plus mitt pianospel, dels sjöng vi visor till enbart akustisk gitarr. På bilden är det privat fest, kräftskiva i Örbyhus.

AW

Jag började ta ut merparten av min pension vid 64 års ålder, och full pension vid 65. För att dryga ut apangaget började jag köra taxi igen. Vad jag tycker om nivån på pensionerna framgår av min ironiska text i Pensionsvisan från mitt första album. Jag är ändå oerhört tacksam för det jag har och får i vårt avlånga land, även om vi har hamnat betänkligt på efterkälken jämfört med liknande länder.

Eftersom jag visste att Taxi Kurir hade ändrat zonindelning i stan, och jag hade ändå glömt det mesta, kontaktade jag värsta konkurrenten. Jag började på utbildningen hos Uppsala Taxi. Där tentade jag av de åttio procent som de krävde för gatukännedom inklusive alla kyrkor och andra speciella byggnader, plus deras taxametersystem etc, och började köra på heltid. Här var det inte alls lika långa arbetspass, vilket jag var tacksam för. Men efter en månad började jag köra extra, ungefär sju pass per månad. Jag körde taxi-taxi som det heter, alltså all form av taxi utom bårbil och rullbulle. Tidigt ett dagpass hämtade jag en man i övre medelåldern på bortre Luthagen. Han hade ett engelskt namn, och när han väl satt bredvid mig framme i bilen, började vi småprata. Efter en stund tittar han förnärmat på mig och säger: "Hörr dy icke ätt jäg taler svensk". Det charmiga med att köra taxi var det sociala, att träffa människor från hela världen, och ur samtliga samhällsklasser, ja den skiktningen av medmänniskor som vi var nära att avskaffa under sextio- och sjuttiotalen. På mitt femte album sjunger jag en sång som heter *"En Kaffestund"*, som handlar om ett av alla uppdrag jag kört. Bilen på bilden här är en av gasbilarna jag

körde. Man blev något av en biktfar, och jag fick ta del av många människoöden. Som kvinnan som misshandlades av sin högutbildade man, mamman som hade en son som var mördare, mannen som just hade muckat från fängelset, karln som hade bytt hjärta, han som var jagad och fruktade för sitt liv, professorer, forskare och affärsmän från hela världen. De olika terminalerna på Arlanda var frekvent återkommande destinationer och hämtningsadresser. Det blev så pass mycket, så att en del personal där ute började hälsa på mig. Taxiremoten var en intressant hubb för samtliga taxibilar, där vi var tvungna att passera oavsett om vi hade beställningar eller inte. Där ute fanns även en stor restaurang och ett litet café. Allt sköttes enligt stränga rutiner, för att allt skulle fungera. Som taxiförare är man ju både kollega och konkurrent.

Taxiremoten på Arlanda

Utanför ditt fönster, solen går upp
och träden, viskar nå't till dig:
"Du är inte ensam, gammal eller ung
ingenting är nu eller igår"
Allting finns tillsammans, börjar om igen
lyckan kommer, lyckan går
Allting är en ringdans, kom med min vän!
Ur mörker kommer ljus, en ny vår
Ur mörker kommer ljus, ta tag i det du får!

Utdrag ur min sång Ur Mörker Kommer Ljus
Från albumet Maya Wirbladh - In Memoriam

KAPITEL 13

Tillvaron ändras

Majsan och jag hade levt tillsammans under drygt 46 år. Vardagar, helgdagar, glädje och frustration, livet. Vi hade turnerat runt halva Europa, uppträtt på scener och gjort inspelningar. Vi hade vuxna barn, barnbarn, ett liv tillsammans. Efter pensionen fortsatte hon att ta vikariat som förskollärare, och hon erbjöds t.o.m. fast tjänst på ett ställe i stan. Hon trivdes med detta, kunde jobba när hon ville, ungefär som jag med taxiköret.

Hon gillade att flyga utomlands, jag hatade att flyga genom min flygsjuka. Jag har ju problem med mina örontrumpeter, och när jag flyger får jag en fruktansvärd huvudvärk, och ibland en yrsel som får spyattraktionerna på Liseberg och Gröna Lund att blekna. Nåväl, inför min 65-årsdag i april 2012 planerade Alexander en resa för oss till USA.

Flygningarna gick bra, nja landningen i Newark, New Jersey, blev jobbig med sidovind och många varv innan vi stod på plattan. Det blev en helt fantastisk upplevelse i det märkliga landet, där vi spenderade två veckor. Alex hade ordnat boende i ett typiskt brunstenshus i Brooklyn, där vi disponerade hela övervåningen. Känslan att ta *the A-train* från Brooklyn upp till Harlem var ju intill overklig. Vi hängde ibland på kvarterskrogen som drevs av ett barnbarn till Ella Fitzgerald, och vi var även på ett jazzställe i Harlem, där vi satt i det s.k. zebrarummet med Billie Holidays stambord. Min födelsedag firades på Broadway i Ed Sullivan Theater, CBS lokaler, med David Letterman Show. En kväll gick Alex och jag och lyssnade på det kanadensiska bandet Nickelback på Madison Square Garden medan Majsan och Bettina kollade in klassikern Porgy and Bess på Broadway.

Jag avrundade förmodligen mitt flygande med en resa till Gran Canaria, som Majsan och jag gjorde i februari 2015. Jag fick se dignande apelsinträd, olivträd och palmer i stället för granar, som jag hade räknat med :)

Majsan och Bettina kollade in *Patti Smith* i Botaniska i Uppsala juli 2013, och i juli 2015 var vi på konsert där och lyssnade på *Elton John*.

Den 29:e februari 2016 kom tredje albumet ut med gamla gruppen Stardust, där vi kallade oss *Stardust Revival*. Utgivning på skottdagen passade bra, eftersom albumtiteln var *Timeless*. Allting kändes bra, härligt med ett nytt album efter närmare 40 år, där vi lirade enbart egna sånger, signerade Jorma, Charlie och undertecknad. Den glädjen grusades ganska snart. Inte för att lokaltidningen lät Ebbot ta allt syre från kultursidorna, där vår recension låg, nej det var något mycket mycket värre.

Sorgens tid

Majsan fick en cancerdiagnos. Jag trodde att tiden då en cancerdiagnos var lika med döden sedan länge hade passerats. Jag förträngde in i det längsta allvaret i situationen. Jag mår illa när jag skrivet om detta trauma, denna fruktansvärda upplevelse. Hon ville göra en utlandsresa efter operationen, som tydligen hade gått bra. Men för säkerhets skull, så ville man ändå sätta in cytostatikabehandling, men det var helt OK att resa innan. Hon åkte ner till Spanien i maj 2016 tillsammans med Alex för att hälsa på goda vänner. Det var uppenbarligen en fin upplevelse, och antagligen mentalt stärkande.

Hon ville jag skulle ta den här bilden, där hon står i vår trädgård i Björklinge, med peruken och med sitt vackra leende. Den som har förlorat sin livskamrat vet hur det känns, det går inte att beskriva. Sorgen, saknaden, förlusten. Hela tillvaron ställs på ända, och sorgen blir din följeslagare. Jag sålde huset, som ju var *vårt* hem, inte mitt hem. Jag flyttade tillbaks till mammas gata, ja där jag blev tonåring och där jag inträdde i vuxenlivet utan att vara vuxen. Sakta men ändå säkert började jag komma tillbaks till livet, känna dofter, se färger igen. Efter flytten och flyttbestyren, ägnade jag min tid åt att ta

fram material, och för att färdigställa ett minnesalbum med inspelningar som aldrig tidigare givits ut. Hon ville bli kallad Maja, eftersom pappa Axel kallade henne Lill-Maja när hon var liten. Jag vet att hon ville ge ut ett eget album. Det var en teknisk utmaning att ta tag i gamla inspelningar. De nyare inspelningarna var det däremot mycket lättare att komplettera arrangemangsmässigt, och Alexander satte en del elgitarrer. Det hela blev till ett sorgearbete. Bilden på henne tog jag på Billie Holiday-stället i Harlem. Jag är glad att det blev ett album, hon är värd det och det känns värdigt. När jag arbetade med hennes sånger kändes det som vanligt, som när vi jobbade i studion, som att hon var närvarande.

Hon fick träffa sitt första barbarn men inte sitt andra, som är fyra år yngre, och som fick bära hennes namn.

Att gå vidare

Man säger att döden är en del av livet, och kanske är det så. Sorgen är kärlekens pris. I min helt nya tillvaro bor jag centralt i den lilla småstaden, den gamla köpingen. Jag började gå till ortens gamla klassiska restaurang, järnvägshotellet Gästis, för att äta lunch. Det kändes bra att träffa folk och att få i sig ett lagat mål mat, eftersom jag är i total avsaknad av kocktalang. När så pandemin slog till, isolerade jag mig helt fysiskt. All mat, dryck och medicin inhandlades via nätet, och det fungerade utmärkt. Mathållningen däremot blev minst sagt tråkig, inte underligt med den kocken.

Det första som måste åtgärdas efter flytten, utöver vanlig möblering, var att få till en musikhörna, för att kunna fortsätta med mitt livselixir. Tack vare den nya digitala tekniken, kunde jag banta ner den anläggningen till ett minimum, helt fantastiskt. Nu kunde jag jobba med Majsans sånger, och därefter förverkliga mina egna projekt. Ända sedan lilla huset på prärien, har jag byggt studios i våra hem. Jag hade under åren spelat in band som jag själv lirade med i, men även andra konstellationer, allt från spelmansmusik till rockband. Nu kanske det ändå var dags för att förverkliga mig själv, låter egoistiskt, men man bör respektera och vara snäll mot sig själv ibland. Att vara vän med sig själv, att respektera sig själv kan inte vara fel. Att känna till sina brister är bra, men man bör även acceptera sina positiva sidor. Självrespekt är något positivt som jag ser det, självgodhet och själviskhet något annat. Så jag började med att säga upp kontraktet med den där Jante. Redan på studiodörren i Björklinge satte jag upp en skylt, som bekräftade att kontraktet nu var överspelat.

År 2010, när jag lämnade GUC, började jag spela in egna sånger. Det blev ett konceptalbum, där jag skrev av mig frustrationer som hade ackumulerats under längre tid, i min gamla rebellskalle. *Folkhemmet och Girigheten* blev titeln på detta album, och jag har fått en hel del riktigt positiv respons. När jag sedan blev ensam, och var klar med Majsans album, fortsatte jag där jag slutade, men nu med mera fokus på själva livet, tiden och kärleken, och även berättande texter, små historier ur verkligheten, som ju även förekom på det första albumet. I och med den hemska pandemin, kunde jag koncentrera mig mera på mina sånger, och jag är glad att jag verkligen tog tillvara tiden till något konstruktivt. En hel del sånger hade jag, som låg och simmade på olika hårddiskar, som jag nu tog tag i. Många helt nya låtar kom också till under min inlåsning. Jag hade aldrig i min vildaste fantasi kunnat drömma om, att jag skulle kunna ge ut fem soloalbum, men ibland kan man överraska sig själv tydligen. Det här kan kanske bekräftas av mitt egenhändigt myntade tragioptimistiska ordspråk "Man kan inte misslyckas jämt".

En social och musikalisk samvaro med mycket kompetenta musikvänner har jag ibland, när jag lirar tillsammans med Gustav Skoglund, Per-Erik Sundström och Mikael Lundén.

Jag älskar den här tavlan, som är en oljemålning
Thérèse gjorde på Alexander och Bettina 1993.

Hissmusik

Jag undrar ibland, vad som händer med värderingar, tankemönster som muterar, tidsbundna paradigmskiften. Att detta gäller för hur våra politiska uppfattningar kan skifta från tid till annan är väl helt klart, men vad händer med vår kollektiva uppfattning om konst, och speciellt det jag är mest intresserad av, musiken. En aktiv utveckling av musiken skedde från 1600-talet och framåt, som jag har uppfattat det. Speciellt framträdande var genier som Bach och Mozart, men senare även mer kommersiella lirare som de med namnet Strauss, men brudarna fick väl inte vara med? Sedan hyser jag en mycket stor beundran för Carl-Michael Bellman, med hans fantastiska musikaliska skildringar om livet, naturen och den sociala miljön i Stockholm. Senare, i modern tid, kom blues, jazz, country, rock, pop, reggae med mycket mycket mera. Man präglas av det man hör i mycket unga år.... Alla generationer har ju ifrågasatt den yngre generationens omdöme när det gäller musiksmak. Jag har dock både barn och barnbarn som gillar swing, så jag kan ju inte gnälla över att de lyssnar på något, som på mig går in i det ena örat och ut genom samma. Nej då, det är en mänsklig rättighet i vår kultur att få lyssna på vad man själv vill. Det som ändå faktiskt bekymrar mig, är om folk *slutar att lyssna på musik*, till förmån för ljudböcker och poddradio, och att detta beror på en cynisk kommersialisering in absurdum, där konformiteten genom maskinproducerad musik slätar ut det mesta till någon form av hissmusik, där originalitet och konstnärsskap drunknar under musikbranschens tunga aktieportföljer. Jag kan bara hoppas att jag oroar mig helt i onödan.

När jag skapar och producerar mina egna sånger, spelar jag alla toner själv. Jag har under senare tid använt mig av färdiga s.k. trumloopar, men jag arrangerar ju så klart trummorna in i minsta detalj, lägger till, drar ifrån trumslag, hi-hat och cymbaler. Varje bas, stråkarrangemang etc. lägger jag själv, men själva ljuden är ju inspelade från elbas och riktiga fioler etc., precis som pianoljud och orgelljud. Pianot är digitalt men fingrarna är analoga som Charlie Norman sa. Min son Alexander lirar en hel del elgitarr på mina låtar, fantastiskt fint gitarrspel. Jag lirar akustiska kompgitarrer, och har själv lagt elgitarrerna på mitt femte album, kände det som en kul utmaning. På mitt andra soloalbum sjunger min dotter Thérèse stämsång på *Solen Har Sin Gång*, och min dotter Bettina sjunger stämmor på *Inom Dig*. Sista gången min livskamrat Majsan gick in i studion, var för hennes sång på albumets titelspår *Alla Dessa Dagar*.

Jag gjorde ju ett tappert försök att börja spela saxofon i mogen ålder. En mycket kort tut med denna, för mig mer eller mindre ohanterliga tingest, gör jag i min sång *Life Is Love* som sjungs av Majsan på albumet Timeless med Stardust Revival.

Min dotterdotter Astrid har tecknat omslaget på mitt tredje album, under en period då jag lät min vita mustasch växa.

För mig känns det bra att ha med några av mina närmaste

på mina album, inte bara därför att de är family, utan även därför att de verkligen kan det. Det är en speciell känsla för mig att veta, att de är med mig i min musikvärld, i mina sånger, även när jag har gått vidare.

I omslaget till mitt fjärde album, har jag lyft in mig själv fotograferad av Majsan på Skeppsholmen, när vi var på konsert där och lyssnade på Neil Young den tredje augusti 2014,

till bilden på Bruksgatan i fina gamla Tobo, som jag tog midsommarnatten 2019, i samband med fest hos goda vänner där.

På mitt femte album hade jag låtit pandemiskägget växa fritt.

EPILOG

Jag är tacksam för livet, och att jag föddes i Sverige under den bästa av tider.

Vårt land hade mirakulöst klarat sig undan andra världskriget genom ren tur och diplomatisk självbevarelseaktivitet. Vi gjorde affärer med den onda regimen i Berlin, och eftergifter. Inte alls smickrande för vårt land, men jag avundas verkligen inte de ministrar som satt i Sveriges regering då. Jag tillhör efterkrigstidens stora barnkullar. Tyvärr tog jag inte tillvara alla möjligheter, förstod inte mitt eget bästa, och jag missuppfattade klassresan, tror jag åkte åt fel håll. Men jag pluggade lite i vuxen ålder i alla fall, och lärde mig av livet, att man måste tro på sig själv, vem ska annars göra det? Bakslag och besvikelser är en del av livet, som man måste ta sig igenom, att gå igenom ekluten som min moster Lilly sa. Det värsta är ändå, om man sårar någon annan.

Man ska inte jämföra sig med andra, bara med sig själv. I mina sånger ger jag uttryck för känslor och erfarenheter från mitt liv.

Jag Är Tacksam är en sång jag skrev 2020,
och texten i refrängen går så här:

Jag är tacksam, för det lilla,
som är det stora, tack för det jag får.
Jag tackar för allt det fina,
som jag fått, alla minnen, tack för igår.

Jag är 74 år när jag skriver detta, och kan se tillbaks och summera många dagar. Man får erfarenheter, och förhoppningsvis tar man lärdom av dessa. Jag har bl.a. lärt mig och insett, att det finns minst två sidor av i stort sett allting. Däremot finns bara en sanning, men man kan tolka den på olika sätt.

Jag har varit med om att leverera mycket bra musik inom respektive genre, det vet jag. Men jag har ändå haft förmånen att slippa bli jagad av paparazzi, och det bör jag ju vara tacksam för. Därtill har jag även sluppit alla bekymmer med att placera pengar, och därmed anlita dyra skatteplanerare. Jag har därför saknat behov av sätta på mig en kliande offerkofta, även under stunder då jag känt mig extra missförstådd och förbisedd. Ordet kränkt är ju så missbrukat så det har mist sin ursprungliga betydelse och kraft, men det har funnits stunder då jag tagit mig för pannan och undrat vem det är fel på? Jag minns när jag gav ut mitt första soloalbum. Det var ett konceptalbum med samhällsmedvetna texter som speglade en politiskt spännande tid. Året var 2010, och jag konstaterade att P4 föredrog att spela dansbandet Lars-Kristerz med en låt som hette *Jag Måste Ringa Carema* eller något liknande. Nej då, inget fel på detta populära dansband, men vad var det för fel på mina sånger? Kanske var de alltför politiska? Jag kanske blev censurerad eftersom det var valår?

Jag har därefter hittills, i skrivandets stund, gett ut fyra album med sammanlagt ytterligare fyrtio låtar.

De flesta, kanske samtliga fyrtio, är garanterat radiovänliga för P4, det vill jag påstå. De är dessutom helt ofarliga ur ett politiskt perspektiv, bortsett från någon medmänsklighets-stänkare. Jag kommer osökt att tänka på den beskäftiga innebruden i London som jag berättade om; *Det handlar inte om vem man är, det handlar om vem man känner.* Ja det är frustrerande, men faktiskt också intressant att följa hur mina sånger konsekvent ospelas i Sveriges Radio. Det är hur som helst absolut ingenting som jag kan påverka. Det finns ändå de som älskar mina sånger, vilket verkligen värmer och bekräftar att jag når fram. Att kunna kommunicera genom sin konst är antagligen varje konstnärs högsta mål. Problemet är att nå ut till fler, att hitta den publik som jag vet finns där ute.

Smaken är ju delad liksom baken! Alla får inte ut något av att lyssna på t.ex. Leonard Cohen eller Björn Afzelius även om jag gör det, och jag tror att kultureliten i början såg ner på Tomas Ledin, men det är något annat. Ja det finns nog de som uppfattar Eagles som ett mediokert amerikanskt dansband? De har i så fall helt missat deras samhällsmedvetna och ibland giftiga texter, och deras helt geniala stämsång. ABBA var ju totalt politiskt fel under röda vågen på sjuttiotalet, något som färgade hur man uppfattade deras geniala musik, *det* är intressant. Det finns så klart många som levererar fantastiska sånger, men som vi aldrig får chansen att höra. Som väl är, har vi i Sverige numera en skattefinansierad public service, radio och TV i allmänhetens tjänst, helt oberoende mediekanaler, eller hur?

Jag är oerhört tacksam för all positiv respons jag fått. Tack till alla de jag mött under livet, som anser att det jag varit med om att skapa, själv eller tillsammans med andra, *inte* är något som katten har släpat in. All heder till er!

"Magnus Wir som han nu kallar sig är en driven popsnickare, och därtill en utmärkt sångare med ljus, bärig röst. Rötterna bakåt i poptraditionen avspeglas i melodikänslan. Men inramningen är mer tidlös, med återkommande, mjuka anslag av blues, jazz och gospel. Detta mycket tack vare hans drivna pianospel som blir en lika viktig ingrediens i låtarna som det vokala, och ger dynamik och kontrast till popkänslan. Man påminns om hur Elton John använder pianot i sina låtar.

Ett lågmält drag präglar även sångtexterna, livsfunderingar som sträcker sig in på miljöfrågornas område, med en hoppfull grundton. Hatten av för Magnus Wir!"

Utdrag ur Ulf Gustavssons recension av mitt andra soloalbum i UNT 14 november 2019

Jag vill också nämna en riktig eldsjäl och legendar inom svensk skivindustri, Owe Midner, som med sitt bolag Riverside Records bl.a. gett ut Stämbandet digitalt, Stardust Revival, Majsans minnesalbum och även den där musikpoeten Magnus Wir.

Jag har en helt egen Jantefri zon,
försöker leva i den naiva tron,
att få vara lycklig över det jag gör,
och glömma allt annat där utanför….

Jag är tacksam för allt som jag fått,
för mitt öde, det som blev min lott.
Jag nådde aldrig fram till de stora grytorna,
men evigt tacksam för de mjuka ytorna;
Fina vänner och mina nära och kära,
ja genom dessa har jag fått lära,
vad som är riktigt, vad som betyder.
Ingenting viktigt under Jantelagen lyder.

Inför etablissemangets diffusa lagar,
hjälper det inte alls att någon klagar.
Grindvakter håller folk tryggt utanför,
så ingen obehörig kommer in där och stör.

Vad Vet Vi?

(Text och musik: Magnus Wir=Sven-Magnus Wirbladh)

1) När du sitter nån gång och grubblar
över livet, och sånt, varför?
När tankarna, går inåt
till det som mest, berör

2) Och du undrar, hur det kom sig
att just du, har hamnat här
Är det slumpen, eller ödet
som dina tankar bär

3) När du börjar, sakta inse
att din egen, generation
är de som står längst där framme
på väg mot resans, slutstation

4) Då inser du kanske också
att de som redan, har gått av
egentligen står där bakom dig
i släktledens spiral

5) Ja de som var här, långt före dig
som fanns i en annan tid
de lämnade dig, efter sig
men de går kanske här, bredvid

6) För vad vet vi, om det
vi inte ser, och hör?
Det enda, som vi säkert vet
är att vi, alla dör

7) Men om vi sen lever vidare
på ett eller annat vis
så kan vi trösta varandra med
att vi kommer få bevis

Från albumet 5

DISKOGRAFI

<u>Album tillsammans med grupper:</u>
Stämbandet   1975

Stardust   1977
Ariana, olika editioner i olika länder

Black Label Blues Band   2003
Classics

Lucky Lips   2005
Was Here

Stardust Revival   2016
Timeless

<u>Album egna som musikpoet:</u>
Magnus Wir   2010
Folkhemmet & Girigheten

Magnus Wir   2019
Alla Dessa Dagar

Magnus Wir   2020
Dagen Är Din

Magnus Wir   2020
När Dagen Är Sen

Magnus Wir   2021
5